Senão eu atiro

e outras histórias verídicas

Leusa Araujo

Sumário

Ao poeta e amigo Donizete Galvão

Esses pequenos fatos perdidos, fora de lugar, esses filhos bastardos de nossa existência humana, que podem ser utilizados como chaves numa fechadura – ou uma faca numa ostra: haverá uma pérola em seu interior? Quem sabe?

Lawrence Durrell, Balthazar
O quarteto de Alexandria

Apresentação

João Anzanello Carrascoza

PREPARE-SE PARA LER exatamente meia dúzia de contos. Mas meia dúzia de contos desconcertantes – que valem mais do que mil histórias arrumadinhas. *Senão eu atiro e outras histórias verídicas*, de Leusa Araujo, reúne um conjunto de narrativas que aliam com perfeição situações trágicas e cômicas do cotidiano contemporâneo. Nelas, ganham a potência da verdade ficcional personagens que poderíamos encontrar em qualquer lugar ou não lugar, além de uns tipos feios, sujos e malvados, habitantes das grandes cidades. Leusa Araujo revela pulso seguro em cada um dos contos deste volume, alicerçados numa dicção coloquial e irônica, com desfechos sempre imprevisíveis. As histórias aqui enfeixadas cumprem à risca o que disse Skármeta sobre a arte do conto: tudo, desde o início, acena para o final. Um final que só é possível porque – preste bem atenção – não há fio solto: nada é gratuito, todos os detalhes atuam para a lógica sub-reptícia do enredo. Outro traço expressivo: os contos mais longos são construídos em forma de puzzle, que vai se revelando à medida que a narração avança. Eis uma obra na qual a precariedade da condição humana nos faz rir, como meio de sublimá-la. Desprepare-se, pois, para uma leitura comum.

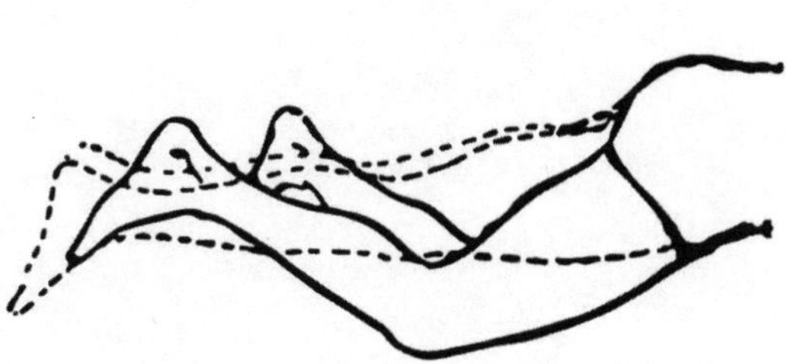

Experiências extracorpóreas

Quando vi pela primeira vez – ainda que acordada e consciente – meu próprio corpo inerte no sofá, como um saco de ossos, pensei duas coisas distintas: aquele maldito Descartes estava certo quanto à separação corpo e alma; e a tal da paralisia do sono, mal que passou a me acometer nos últimos anos, atingira seu estágio máximo.

Pois a verdade é que eu acabara de transpor os limites da materialidade. Como não ficar assombrada com aquela visão? Meu próprio corpo encolhido, murcho, sem o tal do "sopro" ou sei lá que raios de enchimento costuma ser chamado de alma? A sensação de que eu (ou o que restou do não corpo) estava sendo sugada por um aspirador de pó, cada vez mais para o alto da sala, de modo que fui obrigada a me "agarrar" (não encontro verbo adequado para esse estranho estado gravitacional) a uma cortina improvisada pelos donos da casa – único meio de não escapar de vez. Sim, eu estava fora do meu corpo, da minha casa, da minha cama, do meu país, e isso é importante para entender os relatos que virão.

Meu pesadelo maior era ser obrigada a transpor a janela e continuar flanando pelos céus da Lisboa desconhecida. Eu acabara de chegar a Portugal, diga-se, depois de um voo internacional bastante atribulado para minha estreia em atravessar continentes. Na chegada, exausta, no início de uma noite de inverno, eu mal prestara atenção no trajeto percorrido entre o Aeroporto Internacional e Campo de Ourique, onde viviam meus amigos. Foi só o tempo de abraçá-los muito, aquecer o corpo, tomar uma refeição amorosa e deitar no sofá, num canto da sala reservado para meu repouso.

Tudo o que eu temia durante essa experiência de viajar sozinha para a Europa era gritar, agitada por um pesadelo, e fazer feio logo na primeira noite. Que maçada!, diria Hilda Hilst imaginando a chegada da morte. Que maçada! Morrer logo no primeiro dia em Portugal, sem nem ter percorrido a cidade. Que fiasco!

Pensei em tudo isso enquanto via – como que colada quase rente ao teto – as luzes lá fora. Num lampejo surgia a cidade iluminada e com ela a sensação de estar sendo puxada em direção à janela. Mas o pano árabe, oh! senhor, a bendita cortina improvisada, e meu enorme desejo de não fazer feio venceram, enfim, a força do aspirador – ou como pode ser chamada a força de atração, no campo em que eu me encontrava? Merda. Nunca estudei física para descrever cientificamente essa resistência diante do "vácuo".

Enfim, retornei ao invólucro carnal! Ou melhor: fui, desajeitadamente, entrando na almofada da mulher vazia em que eu havia me transformado. Estar lá dentro, entretanto, não me livrou dos sintomas da paralisia. Encontrei a rigidez à minha espera. Nenhum músculo se mexeu. Nada. Tudo ainda se comportava como se eu estivesse no laboratório de Vincent Price, num filme B. Corpo paralisado. Consciência viva. Não posso gritar, não posso me mover. A verdade é que eu sofria desse mal. Porém nunca a ponto de ter uma experiência de sentir-me fora do corpo. Muito menos sofrido tudo assim, sozinha, longe de casa, sem o abraço de Lourenço a me consolar cochichando: não foi nada, só pesadelo, só pesadelo. Inútil detalhar o diagnóstico do neurologista. Para ele, fantasmas do sono assustam, mas não matam – ou quase nunca matam. Mas sentir-se fora do corpo é diferente. Os cientistas acreditam que experiências extracorpóreas ocorrem em situações de choque ou quando o cérebro não recebe sangue suficiente. Será que é o frio?

Segui com os pensamentos sobre as causas que me levavam àquela situação: o fuso horário, o nevoeiro, o avião retido por mais de uma hora em Madri, o extravio das malas. Tudo conspirara... Mas o encontro amoroso, com amigos tão queridos, não, eu não queria estragar logo de saída a viagem. E a essa altura voltei a ser criança, a criança beata, rezando para ser perdoada, uma vez mais, só mais uma vezinha, implorei, repetindo a barganha infantil com o ser superior. Então não é poderoso? Prove, prove, oh! senhor, mais uma vez e eu prometo mundos e fundos, mas, não, não quero ver meus amigos me arrastando inerte para fora do apartamento. O interurbano, o choque familiar. Não. Não aqui. Não desta vez. Não no Natal em Lisboa.

Nessa época eu ainda não conhecia o truque de interromper a paralisia muscular, esforçando-me ao menos para piscar os olhos, pois, ao estimular o músculo ocular, o pequeno grande milagre acontece: a paralisia vai embora. Então é possível acordar e afugentar o medo, os fantasmas do sono imperfeito. Só que, nesse caso, não havia alucinação nem ladrões entrando pela porta dos fundos. O assombro estava naquela estranha viagem para fora do corpo: espécie de encontro fugaz com a morte.

Por que resisti a voar pela cidade desconhecida? Quem sabe olhar, ao longe, a barca atravessando o

Tejo e um homem de fato escuro, protegendo-se do frio na murada? Como num postal antigo?

Mas tudo o que desejei era estar de volta: ao corpo. E, logo que o coração abrandou o ritmo, levantei. Senti muito frio, um frio diferente dos trópicos; um frio de verdade. Então me aproximei do pequeno aquecedor elétrico. Fiquei com medo de dormir, apesar do enorme cansaço. Já havia aprendido que, depois de uma paralisia, a tendência é ter outra e mais outra; o melhor é despertar. Olhos bem abertos para não cair de novo lá...

Decidida a me livrar de embaraços, resolvi acomodar o travesseiro de maneira que eu ficasse recostada – evitando o relaxamento total, o mergulho. E cantei para mim mesma uma canção brasileira de Natal, a mesma que eu ouvira no avião em Madri. "Eu pensei que todo mundo fosse filho de Papai Noel, e assim felicidade eu pensei que fosse uma brincadeira de papel." Fui embalando o sono com palavras bem pronunciadas na memória, espichando os finais, as rimas, até dormir.

Na manhã seguinte, foi como nascer de novo? Longe disso; a emoção maior se dissipara, o episódio tampouco encontrava resposta para a corriqueira pergunta dos donos da casa: "Dormiu bem?". Com receio de me tornar uma hóspede queixosa, foi entre risadas e lembranças de eventos sobrenaturais que resumi minha primeira experiência extracorpórea. Como se nada houvesse de extraordinário. Além disso, o sol pela vidraça, o pão quente saindo do forno, tudo convidava nossa saída para as ruas de Lisboa. E, quando me vi, já estava num táxi a caminho do Chiado.

O motorista rosnou algo malcriado por ter de me conduzir ao centro, bem às vésperas de Natal. Confesso não ter sentido a mínima culpa em fazê-lo enfrentar o congestionamento no trajeto. Estávamos em 1991, numa Portugal que, mesmo iniciada a privatização do Estado, ainda guardava modos de país socialista: sobretudos de lã escuros, meias de náilon, sapatilhas bicolores sem graça; carros de uma ou duas montadoras, de modelos ultrapassados, e o jacaré Wally brilhando em horário nobre na tevê estatal. Em quase tudo um aspecto de coisa fechada há muito no armário, cheirando a naftalina. Mas, por outro lado, como era bom ver sacolas repletas de verduras, os muitos velhos e velhas espevitados e ainda vivos ocupando praças e crianças bochechudas de casacos vermelhos arrastadas com firmeza pelas mães.

Saltei do carro na esquina da pastelaria atraída pela infinidade de doces e pães nas vitrines de cristal. O burburinho intenso, as palavras novas para o cafezinho e o chá: a bica! o garoto! o carioca de limão! Com o mapa colado ao corpo, me certifiquei do caminho e, pouco mais de um quarteirão na Garret, já me vi no interior da livraria. O barulho da rua foi desaparecendo conforme segui os corredores e alcancei o subsolo, mais interessada nos refugos do que nas ofertas e lançamentos. Desde sempre aprendi que os rejeitados reservam surpresas. Só não imaginava que a maior de todas seria a do próprio livreiro: Acácio.

Nada que lembrasse o velhaco conselheiro de *O primo Basílio*. Ao contrário: Acácio era um homem curvado – embora não tivesse muito mais do que cinquenta anos –, afável e sem palavrório. Cheirava a tabaco e faltavam-lhe alguns dentes na boca crispada e coberta por um bigode mal aparado. Acompanhou-me durante a visita com a desenvoltura exigida pelo ofício. Apesar da voz sussurrante, o que me obrigava a fazê-lo repetir frases inteiras, indicou-me, pacientemente, estantes com possíveis achados, demonstrou conhecimento profundo em poesia pré-camoniana, além de ficar vivamente interessado pelo fato de eu, sendo brasileira, expressar tanto amor por autores portugueses. Ele próprio não devotava igual reverência, quer a Pessoa, quer a José Saramago. Senti uma ponta de escárnio no riso de Acácio, a julgar, talvez, que minha lusofilia não passasse de truque para agradá-lo, inda mais naqueles tempos em que brasileiros eram vistos com desconfiança. De um minuto para outro podiam abrir consultórios odontológicos e encher as burras com dinheiro tão suado para o trabalhador português. Cheguei mesmo a ouvir, no aeroporto, a mãe portuguesa repreendendo o miúdo por falar como os brasileiros... O sotaque debochado, desrespeitoso, como malandros de novelas que, aos poucos, traziam maus modos ao país.

A conversa, entretanto, não chegou até a "nova diáspora" nem aos estigmas de lá e de cá. A noite maldormida (ou quem sabe a falta de luz entre as estantes superlotadas) começou a pesar nos meus movimentos. Solicitei, então, uma banqueta para me sentar, sem esconder um súbito abatimento.

Acácio, solícito, pediu que eu o acompanhasse até uma saleta aos fundos do pavimento, atulhada de livros para serem catalogados. Esperou que eu me acomodasse na poltrona de tecido adamascado, com um rasgo no assento, para trazer um copo de água fresca. Em seguida, postou-se à minha frente com o quadril apoiado numa pilha de livros empacotados, cruzando as pernas quase sem apoio. Natural, como se estivesse no terraço de um café, atirando fumaça do cigarro ao ar livre, enveredou para o tema do sono. Sem que eu nada tivesse perguntado – mas certamente tendo reparado no exemplar de *Fora do meu corpo* que eu havia retirado de uma das estantes –, confessou-se vítima de transtornos noturnos desde a primeira infância. E que esse teria sido um grande entrave para sua vida amorosa, razão pela qual se tornara celibatário.

Como que ignorando minha presença, seguiu narrando a história da sua vida e baforando fumaça no ambiente com os olhos para o nada. Órfão, morando com a avó numa aldeia serrana, desde que morrera a mãe passou a ter grandes perturbações noturnas. Vítima de um terror inominável, agitava o corpo em convulsão e dava urros selvagens, causando alvoroço entre os animais que dormiam amontoados no pavimento da pequena casa de xisto. Outras vezes, saía como zumbi pela aldeia, desmemoriado, correndo o risco de ser abatido como ladrão.

A velha, infeliz e beata, certa de que um espírito demoníaco tomava o corpo do menino nas noites enluaradas, começou a amarrá-lo à cama com tiras de lençol, imaginando assim conter a fera pronta a encarnar a pequena vítima. Pior: capaz de levá-lo para sempre nas indesejosas viagens noturnas.

Sem ter a quem recorrer, o garoto aceitou, submisso, os grilhões. Noite após noite, como num conto de fadas, o ritual se repetia, até a manhã em que a avó não surgiu para desfazer os apertados nós.

Acácio ouviu os gemidos da velha agonizante. Ouviu o alarido dos animais. Ouviu tudo sem poder sair da cama. Só muito depois do amanhecer um pastor sentiu falta das cabras, sentiu falta do cesto à porta da casa e, finalmente, da mulher – encontrada morta na soleira dos fundos. Um ou outro passante acorreu curioso, sem suspeitar, entretanto, que o menino jazia no quarto ao lado: mudo como a morte, pálido como anjo, amarrado à cama.

Não lembro em que parte da história fui definitivamente devorada pela deliciosa letargia. Só me dei conta de que a narrativa do livreiro nem sequer soava como zunido ao sentir o frio da tarde congelando meus pés. Meu Deus do céu, quanto tempo ficara ali diante do homem? Bocejei muitas vezes até ser tomada pela realidade: a vidraça suja, as pilhas de pacotes de livros, o cheiro de mofo.

Retornei ao primeiro pavimento da livraria, não sem antes devolver o maldito compêndio sobre experiências extracorpóreas. Saquei dois postais, movida apenas pelo receio de que – depois de ter usufruído da poltrona e de outras comodidades da casa – parecesse avarenta. Desconcertada, segui até o caixa e tentei, em vão, esboçar um último sorriso de agradecimento ao livreiro. Mas Acácio voltou-se para mim com indiferença. Pude sentir nos seus gestos a reprovação pelos meus atos. Entregou-me a fatura maquinalmente e ainda acrescentou à compra dois envelopes amarelados, como punição ao meu sono malsão, incapaz de acolher ao chamado de um pobre menino de aldeia. Só nesse momento pude, então, me deter sobre as profundas olheiras do insone, as fissuras da pele fatigada e o olhar dos doentes de hospital diante da visita transbordante de energia.

Andei apressada, com frio da cabeça aos pés, até encontrar um cartão telefônico. Precisava ouvir a voz amiga do esquecimento, marcar um encontro numa tasca do Bairro Alto, deitar a gorda moeda para o cego vestido de Pai Natal. Aos poucos senti o sangue subir para o rosto e a confiança de que o sono voltaria como sombra terna e necessária me levando, ao final de cada dia, ao meu abrigo natural, ah! delicioso abandono! E, assim, me encontraria de novo nalgum verso malfeito de uma canção genuinamente brega.

A gorda que caiu do céu

Que Ana não fazia o gênero moça bem-comportada dava para perceber logo na entrada do bar – seja pelo tom de voz incisivo e mais alto que o bando de colegas, seja pela petulância de dirigir a conversa, de organizar os pedidos e ainda por cima de colaborar com o trabalho do garçom. Mesmo espremido pelas mesas, equilibrando pratos, copos, baldes de cerveja, o homem servia alerta aos mínimos gestos e à mímica poderosa do sorriso de Ana.

Os quatro amigos, os mesmos do pôquer, do cursinho, do colégio e dos remotos acantonamentos mirins, encontravam-se religiosamente, às quartas, no Bar Tabuleiro. Fazia parte do script aceitar o comando de Ana em troca do prazer de contrariá-la em algum momento da narrativa e, assim, vê-la furiosa, ameaçando sair, sem contar o final.

– Verdade! Um cara ia passando na calçada quando a gorda, infeliz da vida, se atirou do sétimo andar do Hotel Chamois. Ficou pendurada nos fios elétricos e, depois, caiu bem em cima dele!

Os amigos da mesa explodiram de rir.

– Pera aí, pera aí. – Ana gesticulou os braços como se estivesse regendo uma orquestra. – Só porque a mulher é gorda vocês já racharam o bico? – disse com aquela cara de espanto de atores de *sitcom* americano.

Mais risos ainda.

– Você não queria que a gente começasse a chorar... – provocou Belo, que de beleza não tinha nada. Ao contrário, parecia filho do calabrês, dono do bar: o mesmo nariz "pipocudo" e vermelho.

– A mulher tentou se matar! – apelou Ana para a gravidade do acontecimento.

– Mas, pelo jeito, quem se lascou foi o pedestre – imaginou Belo.

Dani, naquele engole não engole a cerveja que precede a crise de riso, insistiu:

– Como é que é?

– A gorda desabou em cima do fulano. Pela força da queda de uns 35 metros, mesmo amortizada pela rede elétrica, deve ter esmagado o outro lá embaixo... – concluiu Lúcio, o mais velho do grupo, fingindo certo domínio da física.

– Não tinha um jeito melhor de se matar, não? – quis saber Belo.

– Aposto que ela escapou... – disse Lúcio, apertando a boca com desdém.

– Também, para uma gorda, sétimo andar é térreo! – Dani cuspiu a cerveja de tanto rir.

– A bandida destruiu a rede elétrica e amassou o cara no passeio público – enumerou Lúcio. – Essa mulher tinha que ser processada por homicídio duplamente culposo, doloso...

– E gorduroso! – completou Belo.

– Credo, gente. Bastou falar que a mulher é gorda e vocês já saíram com esse monte de besteiras. Tô quase arrependida de contar essa história, sabia? Parece que a infelicidade maior dela não estava nem na balança...

– Ih... – chiou Belo. – Lá vem o politicamente correto. Quié? Você nunca se importou da gente te apertar, não é, gostosa! – ele provocou, dando um beijo na bochecha da amiga.

– Vê uma caipirosca, Ana – pediu Lúcio.

– Pede uma porção de fritas pra mim enquanto a gorda cai do céu... – emendou Dani.

Mais risadas.

Ana, impaciente:

– Saco! Lá vêm vocês tachando tudo de politicamente correto. Aposto que têm saudade do tempo em que podiam sair por aí botando fogo em mendigo, xingando negão de gorila, beliscando bunda de mulher na rua... Na boa!

– Opa, opa, dessa eu gosto! – Lúcio beliscou a bunda de Ana.

Ana se esquivou, verdadeiramente irritada. Ajeitou-se com dificuldade na cadeira e fez o pedido ao garçom.

– Tô falando sério! Vocês dois têm nostalgia da casa-grande, da empregada no quarto dos fundos esperando pelo patrãozinho...

– Caros amigos, eu tenho que confessar – disse Lúcio, levantando o copo para um brinde –, minha vida sexual não seria a mesma sem as meninas lá do quartinho de empregada.

Belo começou a batucar um sambinha na mesa:

– Ai, Violante, ai, Violante, nós dois no quartinho cheirando a alvejante...

O garçom passou espremido pela mesa, esbarrou no cotovelo de Belo. A caipirosca derramou e escorreu para o chão.

– Calma aí, veio! Olha a merda que cê fez! – Belo levantou-se num salto tentando proteger a roupa.

– Desculpa aí, doutor!

– O que foi, Belo? Molhou a calça nova que a mamãe comprou no *xópãin*? "Mã, mã, quase estragou meu jeans novinho da Calvin Klein!" – Ana provocou, imitando um marmanjo chorão.

O garçom tratou de limpar o chão molhado pela bebida.

– Ai! Cansei dessa conversa escrota de vocês – queixou-se Dani. – Volta pra gorda, vai, Ana...

Todos apelaram, em coro, batucando a mesa:

– Volta pra gorda! Volta pra gorda!

– Quer saber? Perdi a vontade.

Ana, emburrada, tomou a bebida num só gole e procurou com os olhos o garçom.

Ele entendeu o sinal: "Mais um balde!".

O médico

Doutor César, médico, segue andando para lá e para cá enquanto malas passam lentamente numa das esteiras de bagagens do aeroporto. Veste jaleco branco, gravata azul-clara, camisa impecavelmente branca. Acaba de chegar do congresso internacional. Um olhar desavisado pode ter a impressão de que fala sozinho como um maluco quando, na verdade, é um daqueles chatos adeptos de fones para celular.

– Como assim "uma grande oportunidade", Heraldo? Eu posso muito bem testar minha nova técnica na medula espinhal transeccionada sem precisar desse indigente! Existem ratos, coelhos, cachorros, porcos, macacos!

O médico olha ao redor. Nem sinal da mala.

– Desculpe, Heraldo. Minhas malas estão a caminho – mente. – Ligo daqui a pouco.

O telefonema deixa-o aborrecido. Que desagradável aterrissar no próprio país quando se está com o pensamento no auditório do congresso em Berna. E, por um instante, doutor César imagina ser ele a principal estrela da programação.

"Senhoras e senhores, boa noite. Antes de tudo, gostaria de me apresentar. Sou médico... (Devo dizer que sou brasileiro? Bem, melhor reiniciar.) Sou médico, pesquisador de lesões da medula espinhal, mais especificamente de casos de transecção na segunda vértebra cervical, ou C-2."

Volta-se para responder a uma congressista imaginária:

"Sim, seiscentos dólares a consulta. Como? Qual o seu convênio? Não. Felizmente não temos convênio com plano vagabundo. Ah. Sim. Temos alguns pacientes experimentais do laboratório-modelo em 'regime de favorecimento'".

Estende o cartão. Sorri.

"Claro, a senhora é brasileira... Pode tentar, não custa nada... Mas adianto que, no momento, estamos com uma lista de espera que dá para ir a pé de Manaus a Berna.

"Bem. Os senhores podem consultar mais detalhes do meu extenso currículo na plataforma *Lattes*, onde encontrarão a lista de meus artigos para o Laboratório de Yale, nos Estados Unidos. Ou então acessar o endereço do meu sítio: doutorcervical.com.br ou ainda enviar questões para o meu blog: *Vértebra C-2. Ninguém vive de pé sem ela!*"

Uma mala estourando por causa do volume ameaça empurrar o pacote amarelo para fora da esteira. Num impulso, o médico chuta o pacote de volta aos trilhos.

O telefonema do diretor do hospital, Heraldo, volta a ranger na sua cabeça.

Já tomou uma decisão: não vai aplicar sua nova técnica num indigente afundado na calçada por uma gorda! Muito menos operar de graça! Começa, então, a ensaiar a justificativa, fazendo do aglomerado de viajantes ao redor da esteira sua plateia muda.

"Senhoras e senhores. Acabo de voltar de Berna, cinco dias num congresso sobre novos tratamentos para a medula cervical: hotel internacional, comida internacional, colegas educados nos melhores institutos do mundo! Salas espaçosas, roupas de cama de algodão egípcio quatrocentos fios e salões, vastos salões de mármore, escorregadios de tão limpos e lustrosos. Assepsia total! Total!"

Por um instante tergiversa, esquecendo-se da plateia imaginária.

"Ah... as cervejarias... Cobertas por toldos brancos, tudo cômodo. Homens sempre armados de vassouras limpando as ruas. Nada fora do lugar. Nada!

"Mas é só baixar aqui nesta porcaria de país, lá vem um maluco pedindo para ser salvo de uma gorda que caiu do céu! É isso mesmo: um meliante batedor de carteira atingido por uma suicida de mais de 120 quilos!"

Interrompe-se para olhar a centésima mala preta idêntica à sua. Precisa providenciar fitas coloridas para distinção. Nessas horas desagrada-lhe estar casado com uma mulher sem expediente.

"Sim. A suicida! Mais uma tragédia urbana", pensa, sem alimentar compaixão. "É certo que extraordinária, pois não é todo dia que uma gorda despenca do alto de um prédio e esmaga as vértebras de um zé-ninguém na calçada do hotel mais conceituado da cidade. E a tal da gorda parece ser aquela lá, a escritora, filha problemática de usineiro.

"Agora, vejam se tem cabimento uma coisa dessas: o idiota do diretor do hospital, o doutor Heraldo, resolver cobrar resultados da minha participação no congresso em Berna achando que eu posso experimentar minha técnica no cara esmagado pela outra lá... Diz que o negócio pode tornar nosso laboratório modelo conhecido em todo o mundo! Isso não é abuso de poder? É ou não é?

Onde está a ética? Onde? Os senhores e as senhoras hão de concordar comigo: sou um pesquisador renomado, não um milagreiro. Sou um pós-doutor? Ou um residente de hospital universitário?"

O celular toca novamente.

– Sim. É ele! Como? *Jornal Global Sensacional*? Claro, estou a caminho do hospital, o centro cirúrgico já está à minha espera. Sim, doutor Heraldo está providenciando tudo – sorri, imaginando a matéria completa no jornal da noite. – Sim. Claro! – prossegue exultante. – Acabo de voltar do congresso em Berna... Uma coincidência extraordinária! Estava justamente aguardando a oportunidade de testar minha nova técnica... Como? Se o pessoal pode acompanhar a cirurgia? Claro. Num caso assim não costumamos ter problemas com a segurança. Não, absolutamente. Nem com a justiça. Ah... Conhece o juiz da vara. Sim! A vítima é um meliante! Sim. Um desconhecido! Um indigente! Isso. Isso. Um meliante indigente.

Antes de desligar o celular, vira-se atordoado para a esteira: a mala preta e estufada gira esquecida à espera do dono.

A família

O telejornal segue com as notícias locais, como de costume, naquele rame-rame que faz a tela parecer um fantasma animado no canto da sala.

– Alguém tá assistindo essa porcaria aí? – a mulher grita da cozinha, incomodada com a zoada da tevê.

Inútil pergunta para uma casa cheia de desocupados esperando o jantar.

Quando o coro ameaça um "desliga aê!" como resposta, vem o sobressalto. A família vê o rosto conhecido, estampado no documento de identidade apreendido pela polícia com a vítima. Ouve o sobrenome: Fernandes.

– Aumenta, aumenta! – implora o homem alto de chinelos enquanto o garoto de bermudas saca o controle remoto como arma.

– Mãe, corre! É o Dieguinho! – uma mulher de uns quarenta anos, aparentando muito mais, grita com voz rouca de fumante.

– E não é que é ele mesmo! Parece que foi esmagado por uma mulher que caiu do alto do prédio – diz o homem, embasbacado com a notícia.

– Cala a boca! Deixa eu ouvir, caramba! – a mulher berra arrancando o controle remoto da mão do garoto.

A velha senhora vem da cozinha, espavorida, com as mãos para cima.

– Eu sabia, Jesus! Eu sabia! Um dia esse filho ainda ia me matar!

O advogado

Doutor Alberico conhecia Dieguinho desde muito antes do processo indenizatório contra a suicida do Hotel Chamois. Na juventude, jogavam no mesmo time de futebol e por pouco não iniciaram juntos carreira profissional. Alberico, com mais vocação para gandaia do que para o esporte, perdeu o ônibus bem no dia da peneira. Trocou por mais uma noitada com o séquito de amigos, pela garrafa de uísque Black e pela loira de vestido vermelho – nem bonita nem sexy, mas disposta a carregar o peso dele depois da bebedeira.

Naquela noite, Dieguinho seguiu de ônibus, sozinho, por mais de trezentos quilômetros até Rio Claro. Mas chegou a tempo de mostrar ao técnico e aos dirigentes do clube que fora mesmo talhado para a bola e para os gramados malcuidados da segunda divisão. Lá ficou por dois anos, subindo de categoria até encerrar a carreira por abuso de cocaína e outras drogas para infiltrações no joelho.

Não é bem em nome da velha camaradagem que doutor Alberico batalha pela causa de Dieguinho contra a família da suicida. Advogado criminalista, calcula ganhos futuros com o expressivo valor da indenização. Família rica, repercussão nacional. Iam pagar alto para encerrar o caso. Só não imaginou que teria de enfrentar a família de Dieguinho, revoltada – não com o acidente, mas com o peso dos problemas depositado sobre a velha mãe nas duas últimas décadas.

– Por mim deixa mofar no hospital e, de lá, pra cadeia! – diz a irmã, peremptória, apesar de saber dos riscos de o irmão se tornar tetraplégico.

– Mas ele não cometeu nenhum crime – afiança o advogado. – Dessa vez ele é a vítima!

– Até parece! – duvida a irmã. – Estava lá plantado bem na frente do hotel esperando o quê? Um trouxa passar com alguns dólares no bolso... É um safado! Tem ficha na polícia em tudo quanto é lugar: por furto, por assédio, por vadiagem. Tem graça a mãe gastar dinheiro pra livrar a cara dele – ironiza, com as mãos trêmulas, acendendo outro cigarro na bituca do anterior.

– É apenas uma quantia para pagar as custas de entrada do processo – insiste o advogado. – É causa ganha! O assunto está em todos os jornais. Além do mais, a outra lá é de família de usineiros. Eles vão topar qualquer acordo para abafar o caso – sentencia com malícia.

A mãe, esfregando o pano de pia no nariz, lamenta pela centésima vez:

– Dieguinho só me trouxe desgosto! Se depois da cirurgia ele ficar totalmente paralisado (que Deus o livre e guarde!), é porque foi o único jeito que Jesus encontrou de deter os pecados e a cruz que ele botou nas costas dessa mãe – diz com voz chorosa como se estivesse falando de uma terceira pessoa. – Até a casa tá na hipoteca, doutor. A casa! Tudo por causa de um trambique que ele fez em meu nome. Sabe o que é isso, doutor? A casa da gente! – Balança a cabeça, desolada, olhando as paredes sujas da sala e o forro pedindo reforma.

– Com o dinheiro da indenização podemos levantar essa hipoteca... – sugere o advogado, a petição nas mãos, girando devagar a caneta prateada.

– Mãe, escuta o que eu tô te dizendo: essas coisas na justiça demoram. Os cartórios vão arrancar teu couro com papelagens que não acabam mais. E, no final, inda é capaz do Dieguinho dar um nó na gente. E até em você aí, ô Alberico! Fica esperto! – vaticina a irmã, apontando para o advogado.

– Deixa a vó decidir! O dinheiro não é seu! – resmunga o garoto, sempre contrariado com os modos salientes da mãe: aquela voz de fumante, o jeito bruto de tratar as pessoas.

– Quer saber? O Alberico tem razão. Não adianta largar o Dieguinho sem advogado numa situação dessas. O tal do defensor público vai abandonar o caso, o usineiro se safa e a gorda fica lá no bem-bom, escrevendo bilhete suicida e se jogando pra aparecer – intervém o homem alto de chinelos reforçando os argumentos do advogado.

– E se o tio morrer? – o garoto pergunta. Parece o único preocupado com o estado de saúde do familiar.

– Nesse caso, seguiremos com o processo indenizatório. Desgraçadamente a morte pode render uma indenização ainda mais significativa. É como dar perda total, entende? – afirma o advogado fingindo compaixão.

– Vaso ruim não quebra! Nem conta com essa sorte! – debocha a irmã batendo a cinza do cigarro na mão em concha.

– Quebrar, quebra! – ri meio sem jeito o homem alto de chinelos. – Se não fosse esse cirurgião que apareceu aí, minha gente, Dieguinho já tava inutilizado dos pés à cabeça.

– Outra coincidência do destino: a chegada desse médico – lembra o advogado.

– Verdade. O jornal disse que ele veio da Suíça. É o único médico brasileiro especialista nesse tipo de espinha esmagada. Dizem que vai livrar o Dieguinho da paralisia total. Aí pelo menos ele fica de cadeira de rodas – completa o homem.

– Um milagre! – reforça o advogado tentando despertar o sentimento cristão na família Fernandes.

– Por mim esse diabo morria! Assim não dava trabalho pra "seu ninguém". Só falta essa: a gente ter que cuidar de paralítico! – desabafa a mulher.

– Vira essa boca pra lá, minha filha! – ordena a mãe benzendo-se inúmeras vezes.

Doutor Alberico ameaça levantar. Não porque desistira da empreitada. Mas porque suava sob o paletó e a calça de tecido barato apertava nas coxas.

– Senta aí, doutor! – pede o homem alto de chinelos. – A dona Terezinha vai assinar... Não vai? – repete, olhando firme para a velha como se faz com crianças inapetentes.

– Depois não reclama, hein, mãe! Depois não diz que eu não avisei! Depois não vem chorando, sem dinheiro, pedindo consignado na financiadora...

A velha olha para a filha, enxuga a testa com o pano de pia e assina com péssima grafia o documento.

– Saiba que a senhora está fazendo o melhor, dona Terezinha. O melhor pra família Fernandes – garante o advogado apalpando os bolsos para atender outro chamado do celular.

No hospital

Enquanto doutor César concede entrevista ao *Jornal Global Sensacional* explicando o milagre de ter livrado a vítima de ficar tetraplégica – ainda que esta tivesse de depender da cadeira de rodas pela lesão na coluna lombar –, Dieguinho nem sonha com o rumo dos acontecimentos. Quer dizer, sonhar sonha, sedado, na UTI do hospital. Sonha com um enorme guindaste entrando pela janela do quarto. Revolta-o a falta de iniciativa das enfermeiras em impedir a demolição do andar. As mulheres de branco, impassíveis, nem sequer afastam o leito do alcance da máquina monstruosa. Pior ainda: conversam alto sobre o comercial de tevê e repetem em coro: *faz, faz, faz, faz Carrefour.* E Dieguinho, impotente, enfiado numa trincheira improvisada por blocos de pedras que se soltam da parede, grita sem ser ouvido:

– Vão pro inferno!

O outro lado

A foto de Dieguinho estampa as edições dos jornais regionais e, dia após dia, seu passado de ex-jogador e meliante vai sendo revirado. Mas quase nada se fala da suicida.

A gorda segue anônima.

O homem que a aguardava no *lounge* do Hotel Chamois permanece protegido na divulgação dos fatos por uma palavra: "acompanhante". E assim, dispensado de mostrar identidade, atua como simples figurante na história.

Doutor Alberico, de comum acordo com o advogado da suicida, um tal de doutor Siqueira, aceita manter o anonimato da filha do usineiro como moeda de troca para acelerar os trâmites de um bom e rápido acerto entre as partes.

Calar a imprensa é como um passe de mágica.

Mas não a boca do povo.

A história corre solta e cheia de detalhes alucinantes – como a mão de Deus segurando a gorda nos fios de eletricidade e a aura do médium espírita sobre o avião que aterrissara no aeroporto trazendo o cirurgião bem no instante do esmagamento da coluna de Dieguinho.

Muita gente também se aproveita para fazer má fama da gorda: "andava com um cara meio esquisitão", "usava umas roupas folgadonas", "tinha um dentão saltado" – tudo num aumentativo que denuncia certa má vontade e preconceito. Outros, ao contrário, lembram-se dela como uma escritora de algum talento, trinta e tantos anos, com dois livros publicados por um selo obscuro.

Inteligente, mas depressiva – quer pela obesidade mórbida, quer pela dependência química exigida nos tratamentos para os vários transtornos –, os traumatismos sofridos depois da queda não deixariam sequelas para o futuro da mulher, ao menos no corpo. Porém muito se comentou sobre seu real estado psicológico e sobre o conteúdo do bilhete encontrado pelos socorristas. Nada que pudesse ser apurado em definitivo: a clínica particular ficava em outra cidade; os médicos não concediam entrevistas; funcionários assustadiços, avessos a qualquer tentativa de suborno em troca de informações; e as portas sempre cerradas para os chamados fotógrafos e curiosos de plantão.

No supermercado

No terminal do caixa, a cada mercadoria retirada manualmente da esteira e passada no leitor de código de barras soa um bipe. Bipe-bipe-bipe até o fechamento da compra, o cartão de crédito colocado na máquina.

– Quer CPF na nota? – pergunta Gislaine, a operadora de caixa. Apenas tenta seguir a rotina. Quase no automático. – Estacionamento?

Mas o pensamento, agarrado àquele homem estropiado na cama do hospital, atrapalha o último registro. A cliente nem pisca.

– Pera aí, o sabão entrou com preço normal, mas é oferta ponto-vermelho! – diz, dando conta do erro da moça.

Impassível, Gislaine toca a campainha e chama a supervisora. Nem se dirige à mulher. Esta se mantém impaciente, olhos pregados no terminal do caixa.

"Melhor deixar a supervisora encarar a mulher", pensa Gislaine olhando as unhas de porcelana decoradas com flores cor-de-rosa. Quase indiferente. Que elas se entendam, não se anima a discutir com a fulana. Só precisa liberar a senha para desfazer o registro. Só isso. "Uma oferta de vinte centavos, bela merda!", conclui, observando o colo vermelho da mulher tão revoltada com o erro.

– Da próxima vez não levo mais essa porcaria de sabão em oferta! – diz a mulher enquanto digita novamente a senha do cartão de crédito na máquina.

Uma família aguardando na fila bufa em coro. Todos reviram os olhos para Gislaine, que não para de pensar: "Se aquele homem lá com a cervical totalmente zoada é mesmo o pai, então por que não esqueço todas as mágoas da avó e vou visitá-lo?".

A máquina cospe o cupom fiscal. Na cabeça uma tontura passageira.

"Quem sabe, se a mãe estivesse viva, quem sabe, ela ia entender, o cara está lá, estropiado, numa cama de hospital, e a filha trabalha no supermercado em frente. O que há de errado nisso? É só atravessar a rua e se apresentar como parente... É, pai, eu sou sua filha. Simples. É isso aí, pai, você tem uma filha. Sou eu. É, pai, lembra de mim? Sou sua filha, você tirou foto comigo na frente da casa da avó, eu estava com macacão cor-de-rosa da Hello Kitty.

Lembra? Não. Ele não ia lembrar do macacão. Melhor resumir: Pai, tá ouvindo? Sou eu, a Gislaine, a filha que você teve com a Semíramis, aquela mocinha que invadiu o jogo da final com a Portuguesa pra te beijar. Você nem deve saber, ela morreu de acidente de mototáxi em Aracaju. Ano passado. Quando você ia imaginar... Quer fazer DNA? Pode fazer, pai. Não vou ficar chateada. Lembra da filha do Pelé? Ela fez o teste e comprovou. Depois, coitada, morreu de câncer de mama aos 42 anos. Pediu pra ver o pai no leito de morte, mas o Pelé não foi. Sabia, pai? Eu não tenho mágoa. Eu só quero ajudar. Pai, eu não acho justo uma mulher se atirar da janela e cair em cima de você; e, só porque ela é filha de usineiro, deixar você assim, inutilizado pro resto da vida. Se um dia eu voltar a estudar, vou fazer Direito e lutar para que essas pessoas paguem pelos seus erros. Coitada, eu sei que a moça não pensou nas consequências. Parece que era uma coitada essa moça. Mas não tá certo, pai. Você precisa saber disso: eu sou sua filha. Numa hora dessas, só eu posso cuidar de você."

Reviravolta

– Uma filha? – Doutor Alberico reage espantado levantando as calças e ajustando o cinto folgado.

– O nome dela é Gislaine, trabalha como caixa no supermercado aqui em frente – diz Dieguinho com voz curta e cansada. Mais de um mês de permanência no hospital, ainda não se livrara das dores, dos analgésicos, das sessões de fisioterapia respiratória, tudo pago pela família da suicida.

– E você tem certeza? Filha? No duro?

– É minha mesmo. Eu vivi um tempo com a mãe dela, até uns seis meses depois do nascimento. Carreguei no colo e tudo. Tem até foto! Mas não dava pra mim aquela vida de puxadinho de fundos, com mulher e filho pra sustentar.

– E a mãe dela?

– Tava sempre na beira do campo. Sabe como é jogador de bola...

– Não tô falando disso, não me interessa o passado! Quero saber se a fulana tá viva. Você sabe onde ela mora?

– Abandonou a filha com a avó. Foi viver lá a vida dela. A menina se ferrou...

– E por onde anda a Maria chuteira?

– Morreu faz pouco tempo: acidente de mototáxi.

– Deus a tenha! – suspira Alberico. – Quer dizer: uma a menos pra disputar a merda da tua indenização.

– É minha filha. Eu vou botar isso aí no papel! – insiste Dieguinho quase em voz alta. – Ela vai cuidar de mim daqui pra frente. E se eu morrer...

– Você quer reconhecer a menina às vésperas de botar a mão num dinheiro grosso? Isso eu não entendo.

– Já te falei. Bota a menina no troço aí. Não quero dar um tostão pra vaca da minha irmã, nem pro marido dela! Aquela gente só faltou me enterrar vivo numa vala... Você não sabe o que aquela peste já fez nessa vida. Até me dedurar pro delegado ela dedurou! – diz nervoso, denunciando esforço.

Alberico sente cheiro de encrenca das grossas.

– Mas e a tua mãe? A pobrezinha não tem culpa...

– Tem, sim. Ficou do lado daquela desclassificada da minha irmã. Inda botou um pastor pra me aporrinhar dia e noite. Um inferno!

Alberico coça a cabeça, mas arrisca:

– Melhor voltar pra casa da sua família, que foi quem socorreu você na hora certa. Melhor pingar algum dinheiro pra eles. Mais adiante você dá uma ajuda aí pra mocinha, como é mesmo o nome dela?

– Gislaine.

– Tá bem assim?

O doente recobra forças e faz sinal com os dedos para Alberico chegar mais perto. Então, com hálito azedo, deixa bem claro para o advogado:

– Ninguém vai ver um tostão. Nem você, Alberico, filho de uma puta! Ou faz do meu jeito, ou não precisa voltar. Que eu não assino mais porra nenhuma. *Porra nenhuma*, tá me entendendo?

O futuro

Os trâmites para o acordo e a indenização correm mais rápido do que o normal. O advogado da suicida, doutor Siqueira, considerado na região tanto por juízes como pelo desembargador, não esconde seu interesse maior pelo caso. É que uma nova personagem entrara para os autos do processo: Gislaine. Caberia à moça cuidar do pai e, conseguintemente, manejar o dinheiro da indenização.

Desde o primeiro encontro, no quarto da clínica de recuperação para onde Dieguinho foi transferido após a alta hospitalar, o advogado da ré sente-se atraído pela mocinha do caixa. No começo, encontros furtivos no corredor da clínica, resumidos a troca de informações sobre o processo de reconhecimento e a liberação do dinheiro. Depois, conversas demoradas sobre o destino de Dieguinho e a evolução do tratamento: uma cadeira de rodas de última geração, uma casa térrea e ampla próxima da clínica de fisioterapia, um enfermeiro. Tudo para melhorar a qualidade de vida do paciente, que, desgraçadamente, também convive há anos – e sem tratamento adequado – com o vírus HIV. Gislaine recebera a notícia desolada.

– Se não fosse o apoio do doutor Siqueira – repete às colegas do supermercado –, não teria suportado o infortúnio.

Finalmente, Siqueira e Gislaine passam a marcar encontros diários à saída do expediente, no estacionamento do supermercado. Risonhos, desproporcionais (ele, alto, 58 anos; ela, baixa, 19), fazem planos não só para o futuro do ex-meliante: Siqueira (para ela, simplesmente Cláudio) convence Gislaine a matricular-se no curso de Direito, com bolsa integral e de iniciação científica. Ele arranjara tudo, em pouco tempo, sem lhe explicar a fonte de recursos ou o tráfico de influências necessário.

Ela aceita com a condição de prestar contas mais tarde, nos bons tempos que se anunciam com a indenização.

– Quem sabe um emprego de estagiária no escritório? – ele sugere, admirando as unhas de porcelana da moça.

– Quem sabe ar-condicionado? – ela sonha, esbaforida pelo calor infernal da cidade.

E, assim, a operadora de caixa vai se acostumando à nova vida que se avizinha. Até o pai, Dieguinho, já lhe parece muito familiar.

– Não conhece o meu pai? Ele implica com tudo! É manhoso... – comenta, justificando o mau humor do paciente em relação a Siqueira naquela tarde, a tarde gloriosa em que ele chegara à clínica com a novidade. – Meu Deus! Essa gorda caiu do céu! – exclama emocionada ao ler o nome do pai e o sobrenome Fernandes no seu novo documento de identidade.

Os deserdados

Semanas fugindo dos telefonemas e dos recados malcriados deixados pela família Fernandes, doutor Alberico acaba flagrado pela irmã de Dieguinho na saída da clínica de recuperação. Para evitar um escândalo bem no meio da rua, o advogado aceita a carona da mulher e, juntos, vão bater boca num restaurante de esquina – onde, para surpresa de Alberico, também o esperam: a mãe, o cunhado e o sobrinho do seu cliente.

– Se isso aqui é alguma armadilha, sou obrigado a pedir proteção policial! – vai logo se adiantando Alberico, celular em punho, com cara de quem realmente se fartou do tom de ameaça da mulher de voz rouca durante o caminho até o restaurante.

– Não precisa se preocupar, doutor – adianta-se o marido da histérica. – É só uma conversa profissional.

Doutor Alberico continua em pé. Esperto, cerca-se de precauções: onde a saída mais próxima, onde a garrafa, onde a cadeira, para o caso de ter que partir para o quebra-pau, de um momento para outro, e se defender daquela gente.

– É isso mesmo: o senhor se uniu àquele vagabundo pra dar o golpe na gente. Até inventou uma herdeira pra rachar a grana – insiste a irmã no seu script de megera.

O advogado não se intimida:

– Só estou cumprindo a vontade do Dieguinho. Ele resolveu agir em benefício da filha, diga-se de passagem: legítima. Fui obrigado a acatar. Ele está de posse perfeita das faculdades mentais.

A velha mãe, chorosa, retira-se da mesa a caminho do banheiro.

– Aquele lá é um débil mental, isso sim! Não vem com essa de filha legítima! Cadê o tal dinheiro das custas, o pagamento da hipoteca da casa? Cadê?

– Já expliquei à senhora que algum acerto pode ser feito após o pagamento da indenização, ao menos do dinheiro gasto no processo – contemporiza, magnânimo.

– Nada de palhaçada, doutor. Dieguinho vai pra nossa casa. A gente se vira com ele e o senhor desaparece de vez. Tá bom assim? Ou quer mais? – o cunhado engrossa, fazendo menção de levantar, a mão sobre o bolso volumoso do casaco.

O dono do restaurante estranha a conversa e trata de chamar a polícia.

"O malaco está armado", conclui Alberico. Num impulso, tomado pelos brios, pela raiva e pelo temperamento explosivo que sempre teve, empurra a mesa com violência na direção dos três.

O sobrinho, assustado, aproveita o golpe para se retirar dali – ou porque resolve proteger a avó, ainda no banheiro durante a confusão, ou porque já sabia como aquelas encrencas familiares terminavam: muito mal.

A mulher, espremida na parede de canto do restaurante, ainda tenta revidar atirando um copo na direção de Alberico. Nem dá tempo. O advogado empurra outras mesas, atira cadeiras, fazendo um tremendo estrago no queixo do homem, que vai a nocaute.

Embaixo da mesa, tentando encontrar a bolsa e os pertences que se espalharam, a irmã de Dieguinho não para de berrar. Mas o piso enlameado de cerveja, refrigerante, restos de comida e cacos de vidro desencoraja qualquer movimentação.

Doutor Alberico, não contente com a espécie de barricada de mesas e cadeiras armadas na direção do casal, arrebenta portas, arranca lambris e dá um chute certeiro numa mesinha de canto com pilhas de pratos e guarnições.

Uma pequena multidão vai se formando na rua.

Quando a polícia chega, o advogado já havia se recomposto. Ele próprio vai em direção aos guardas, apertando mãos e dando abraços efusivos. Coleciona palavras de apoio e consideração. É convidado a sentar, a se acalmar e a improvisar um curativo na mão que esmurrara a divisória.

Em pouco tempo, Alberico negocia o pagamento dos prejuízos com o dono do restaurante, adiantando-lhe algum em dinheiro vivo, e ainda o arrola como testemunha contra o casal culpado pelo incidente.

Sai aplaudido pela multidão e em tempo de livrar a pobre senhorinha e o menor do constrangimento de irem para a delegacia no camburão da polícia. Deixa-os em segurança na velha casa hipotecada dos Fernandes enquanto a irmã de Dieguinho e o marido respondem pelos crimes de agressão, porte ilegal de arma, vandalismo contra o patrimônio privado e desacato à autoridade.

Criaturas da noite

Enquanto os quatro amigos acertavam a conta, o Bar Tabuleiro cerrava as portas. Os garçons passaram a agir como estranhos, vestidos com seus impermeáveis baratos e carregando algum embrulho para viagem nas mãos. Rostos sisudos, poucas palavras, quase má vontade com os retardatários:

– Nada de piscadelas, "saideiras" festivas, até porque não é mole perder condução de madrugada – um deles resmungou, trancando a porta principal.

O ritual entre amigos seguiria o de sempre: Dani e Belo dividiriam o táxi até a zona sul. Ela reclamaria do frio; ele, do preço do táxi; ela, de sono; ele, por não ter ido para outro bar, outra birosca, um puteiro que fosse – mas um lugar aberto naquela maldita cidade –, onde se pudesse beber até de manhã.

Lúcio daria carona para Ana até o encardido edifício na zona oeste, fingindo estar bem, fingindo não ter bebido o suficiente para ser pego num bafômetro, fingindo destreza ao volante. Ana também enfiaria nos bolsos seus pruridos sobre a lei seca e sobre a lei antifumo e acenderia mais um cigarro com vidros fechados e tudo.

À porta do edifício, Lúcio haveria de pular do carro para abrir a porta do passageiro – não porque fosse bem-educado, mas para ajudar a amiga, que, claudicante, apoiaria o pé na guia e, sustentando o peso no braço do amigo, tiraria o enorme traseiro do banco. E mais a bolsona, e mais o cachecol de duas voltas.

Com alguma dificuldade, Ana subiu os degraus até a portaria tentando encontrar as chaves em algum bolso do casaco, ou na bolsa, ou no bolsinho interno da bolsa.

No apartamento, sentindo-se à vontade com a solidão e também com as sensações de estômago estufado e zonzeira, tentou entender por que mentira sobre o final da história da gorda. Por que não dissera a verdade? Por que impedira que as gargalhadas se transformassem em caras de assombro?

Estava apertada. No banheiro, voltaria a refletir sobre a mentira e a possibilidade de tomar um remédio para dor de cabeça, outro para enjoo, outro para o fígado, outro para apagar – quem sabe evitando a ressaca ou a dor de estar viva.

Não podia entender o motivo de ter inventado o bilhete da suicida, o tal não encontrado, e enfermeiros incorruptíveis, dignos de sanatórios de filmes estrangeiros. Pior: inventara um acompanhante mudo, um homem sem identidade, um fantasma.

Por que não dera a eles ao menos uma pista? Quem sabe a profissão do acompanhante? Sim, o tatuador, o tal cara forte e mal-encarado à porta do Hotel Chamois, o mesmo que havia desenhado letras góticas e caprichadas no peito da escritora. Uns dias antes. O último apelo: "Não me ressuscite, por favor. Não há o que reanimar". E nem assim, caramba, e nem assim... Ana cambaleou até a sacada.

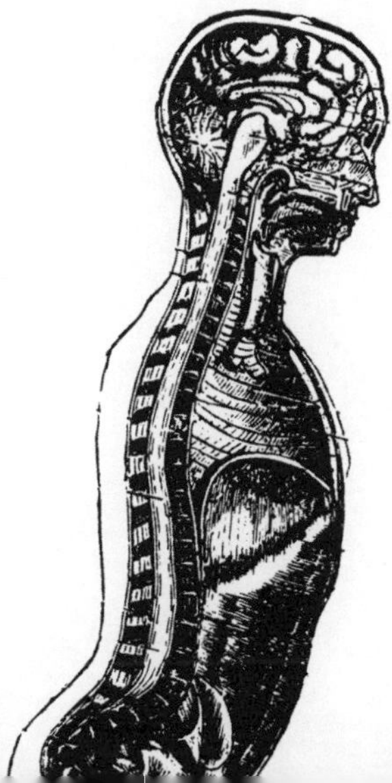

Daiane

Para o amigo Rezende Lima da Silva Jr.

Primeiro foram os olhos pretos. Depois os cabelos compridos, brilhantes, parecendo os de anúncio de revista. E, finalmente, a pele fresca, da cor da cafuza, da cabocla, sei lá, não aprendi direito na aula os nomes dessa mistura de índio e negro do sertão de Guarani de Goiás. Só sei que, quando me dei conta, estava apaixonado por Daiane. Para mim, ela era a menina mais linda, mais pura, mais diferente de tudo o que eu, um moleque tonto da cidade, poderia merecer. Eu, que nunca tinha visto um pé de milho crescer na roça! Sim. Porque Daiane ficou besta com minha ignorância. Que eu só conhecia o interior do Brasil pelo mapa de geografia? Verdade. Por mais que defendesse a causa ambiental, eu nunca tinha ido além da praia Brava, no litoral norte – embora conhecesse Buenos Aires e Paris, naquelas viagens promocionais que minha mãe adorava, três dias, duas noites, visão de hotel e muita experiência de aeroporto. Daiane também deplorou o fato de eu não saber que aquela árvore imensa, perto do Jockey Club, onde passeávamos tardes inteiras, era uma sibipiruna. Como? Eu? Distinguir o pio de um pássaro-preto de um assobio de moleque passando fumo na mureta? Daiane sorria das minhas piadas. Abaixava a cabeça e repetia: maluco, maluco. "Como haveria de alguém nem saber como cuidar de uma horta? Nem moer uma mandioca pra fazer farinha?" Sorria, mas botando desconfiança nas minhas palavras.

Foi assim que Guarani de Goiás passou a ser meu idílio, e eu contava os meses para que as férias escolares chegassem. Daiane ia me levar para o Goiás e, enfim, me mostrar como a terra ronca na gruta maior da lapa. Mas a viagem nunca aconteceu. Daiane tampouco deu corda para meus planos. Veio para São Paulo com a promessa de mudança. Tantos afazeres com os irmãos pequenos, tanta caminhada a pé, sol a pino, para levar o almoço do pai na roça (achei que isso era canção de ninar, costume ancestral, coisa de tribo mesmo), que não lhe sobrava tempo para estudar.

Então veio a família de São Paulo.

Bagagens gordas, roupas cheirosas, a família de São Paulo chegou oferecendo solução. Quer dizer, primeiro os passeios de quatro por quatro pela fazenda. Depois, aí sim, o paulista ficou fulo de raiva quando viu Daiane pajeando os sobrinhos pequenos. Também viu Daiane queimando lixo no fundo da casa. Pior: a menor de idade servindo de copeira no churrasco.

– Isso é exploração do trabalho infantil, tá ouvindo?

Daiane ouviu muito bem quando o paulista ameaçou o irmão, indignado e já um pouco alto de uísque.

Com o passar das horas, os ânimos se acalmaram. E, ao final da hospedagem, veio a oferta:

– Daiane bem que podia estudar na cidade... Não é mesmo, Daiane? – o paulista anunciou.

Posso imaginar o sorriso desconfiado de Daiane como resposta.

Mas as duas famílias aplaudiram. "Daiane pode fazer companhia pra Antônia, pobrezinha, filha única", "as duas quase da mesma idade, quinze anos", "Daiane pode ajudar a menina, agora sem a mãe" – os argumentos se acumulavam sobre a pia cheia de louça para Daiane lavar. Ele, o paulista, divorciado, acabara de ganhar a guarda da filha em troca de uma boa mesada para manter a ex-mulher no estrangeiro.

– Seria perfeito! – conclamou. – Como duas amigas. Não! Como duas irmãs, assim e assim, o dia e a noite – porque, ao contrário da minha Daiane, morena cor de jambo, Antônia, de tão branquinha, só andava pelos matos de chapéu, com luvas nas mãozinhas e protetor sessenta.

Nossos passeios na calçada do Jockey começaram a rarear. Cada dia ficava mais difícil combinar encontros com Daiane. Os motivos? Variados. Mas todos só faziam aumentar minha raiva da família de Antônia. Primeiro, o maldito celular emprestado, além de vagabundo, nunca tinha crédito suficiente para as ligações; depois, a nova escola de Daiane, do outro lado do rio.

– Por que você não estuda com Antônia, a irmã sol, do lado de cá do rio? – provoquei, já na base da grosseria.

Daiane até tentou reproduzir o conto da carochinha de que ela não daria conta de acompanhar o nível da turma.

– Fica esperta, mina! – interrompi sem dar chance a ela de explicar. – Eles não querem é abrir o bolso! – disse, esfregando os dedos e demonstrando malícia do alto dos meus dezesseis anos.

O rosto dela se fechou. Só então entendi por que os poetas dizem "uma sombra cai sobre os olhos". Daiane permaneceu sombria e muda todo o tempo que levamos para ir da avenida Lineu de Paula Machado até a ponte Cidade Jardim.

Não lembro direito se me desculpei ou se nos beijamos no ponto de ônibus. Lembro apenas de ter chegado em casa raivoso, descontando a frustração na minha mãe, a grande culpada pela minha sinceridade estúpida e destrutiva. Ela passou anos imputando o mau gênio danado da nossa família a certa conjunção explosiva de Mercúrio e Marte. Justificava, assim, a facilidade com que ela própria entrava e saía dos compromissos, batendo portas e difamando chefes, amigos, parentes e subordinados. Assim foi na gráfica, no estúdio de animação, na loja de presentes finos da tia Lili e no site de aluguel de artigos para festa, onde chegou a gerente.

A verdade é que, depois do meu nascimento, minha mãe abandonou por completo a capacidade de ganhar dinheiro. Jogou todas as fichas em manejar com sabedoria minha educação. Passei a ser uma espécie de aplicação no mercado futuro – sujeito às oscilações do mundo e aos humores do meu avô, o grande provedor das nossas vidas.

Mas o mercado é de risco, e eu nunca trouxe o retorno esperado. Sem grana para acompanhar as amigas e satisfazer os desejos de consumo, com a mesada espremida pelas reduções na aposentadoria do meu avô, conheci longas temporadas de explosões diárias de Mercúrio e Marte. Mamãe tocando terror, com os fantasmas de sempre: se ela não tivesse inventado de ter um filho sozinha, teria ido cursar astrologia com a prima Neide na Inglaterra ou seguido aquele lendário grupo mambembe de teatro dos anos 1970... Astróloga de renome, atriz premiada, tudo por água abaixo. E, por baixo de tudo, eu, o adolescente intempestivo!

Palavras duras se acumulam como as pragas peludas no tronco da sibipiruna. Pior: destroem a alegria de andar de braços dados com Daiane, cabelo escorrido e pele de jambo.

Foi numa tarde chuvosa. Duas horas encolhido debaixo de um ponto de ônibus à espera de um sinal. Nenhum. Nem torpedo, nem apito, nem uivo... Eu já estava congelando quando vi Daiane, assustada, na faixa de pedestres do outro lado da avenida. Pela primeira vez achei suas roupas incrivelmente ridículas: uma saia muito curta, de tecido brilhante de camelô. E uma fita no pescoço mais parecendo uma coleira, com um símbolo qualquer dourado, um logotipo idiota.

Nunca imaginei que Daiane viria com aquela história: a eletricidade pifou e os elevadores do prédio pararam de funcionar. Daí em diante, sair do apartamento passou a ser um verdadeiro mistério para ela, que, até então, nem calculava a existência de uma escada nos fundos.

– Ninguém disse a você como funciona um prédio? Que em prédios como o da sua irmã sol há sistemas de emergência mantendo luzes acesas nos corredores e escadas?

– Não. Nunca botei reparo... – respondeu com a boca entreaberta.

Bem. Daiane ficou presa a tarde inteira, sem ligar tevê, nem micro-ondas, nem ferro de passar. Nem pensou em mandar uma mensagem de socorro para mim; ao contrário, aproveitou o apagão para lavar o uniforme de Antônia no tanque.

– Lavar o uniforme de Antônia?! – perguntei, fingindo não ter escutado direito.

– Ué – reagiu com naturalidade. – Lavei porque acho bonito ver tudo arrumado no guarda-roupa – emendou emburrada, referindo-se ao enorme armário de portas deslizantes do quarto de Antônia.

Foi como se acabasse o encanto do índio na floresta. Estourei de dar risada, uma risada forçada, histérica; e ela sentiu-se a mais ignorante criatura do universo.

Com os olhos de jabuticaba vermelhos de raiva e o cabelo respingado de chuva, subiu no primeiro busão.

A chuva apertou, e eu fiquei a ver ônibus passando na avenida até o dia acabar, até chegar o homem de farda e me perguntar se eu tinha fogo.

Dois anos são tempo suficiente para mudar a vida da gente – a começar pela aparência. Por incrível que pareça, saí de um metro e sessenta e cinco para um e oitenta e um, um estirão tardio que me tornou mais visível no meio das pessoas. Minha cabeça no alto é uma experiência e tanto, ainda mais numa cidade tão pequena como Tupã, onde passei a viver com meu avô. Foi a melhor equação que encontramos para que ele continuasse a me dar sustento sem ter minha mãe como intermediária nos sucessivos pedidos extras de mesada.

No espírito, em vez de crescer, fiz o caminho oposto. Aprendi a descer os degraus mais baixos, onde conheci a verdadeira solidão e o desejo de ficar imobilizado, olhando pela mesma janela, com lentes cada vez mais poderosas.

Ainda penso em Daiane, nas árvores que não fizeram sombra para nosso deleite, nas grutas profundas da Terra Ronca e na estrada cheia de lama dos rincões de Goiás. A verdade é que nosso amor de asfalto durou pouco e não foi além de algumas tardes e avenidas com lixo na calçada e fios de alta tensão sobre os muros.

Se a imagem de Daiane seguiu estática, meu afastamento de casa parece ter dado nova dinâmica à vida de mamãe. Começou a namorar um homem bem situado, divorciado e disposto a compromisso. Sim, mamãe vai se mudar para o apartamento dele e da enteada no próximo mês. Já me ligou dezoito vezes, cobrando minha presença na cerimônia de apresentação, mas de camisa de colarinho e sapato decente.

– Não posso ir de tênis? – sugeri com humildade.

Foi o bastante para ela me lembrar o quanto sou capaz de destruir a felicidade de quem está em volta. O quanto sou desmancha-prazeres e egoísta.

– Que custa prum filho abençoar o recomeço de uma mãe? Uma mãe que dedicou a vida inteira pra esse filho? Que custa? – perguntava, lamuriosa.

Deixei-a jorrando minha ingratidão pelo telefone, até a linha cair.

Parto amanhã para São Paulo na condição de fiador da nova vida de mamãe. Prometo ser bom, manter o sorriso de aprovação, prometo não desapontar, mesmo sabendo que surgirei do nada, no meio de estranhos, como um "coió de mola". Quer saber? Sou até capaz de me comover de verdade com tudo isso, pois também terei de me despedir do apartamento de Pinheiros e dos meus poucos móveis e CDs de jogos – se a esta altura já não estiverem numa caixa de papelão imunda, encostada na lixeira do prédio. Preciso correr.

O que não estava no script é que eu desse de cara com Daiane no shopping do metrô, em frente à loja de sapatos masculinos. O Chico Buarque sapecou numa canção que "é desconcertante rever o grande amor". Bota desconcerto nisso. Minha boca ficou seca de repente, tão seca que formou uma gosma estranha, quase me impedindo de conversar normalmente. Também não conseguia desviar meus olhos daquelas mechas loiras contrastando com o preto da cabeleira. Daiane parecia mais velha. Os pés rachados apoiados numa plataforma que, mesmo altíssima, ainda fazia dela uma pessoa muito menor do que eu. Ora criança, ora mulher gasta, de ar esquisito, olhando sempre para os lados, mordendo a boca, como se a qualquer momento fosse surgir um perseguidor.

Num diálogo cheio de mal-entendidos, soube que havia deixado a casa de Antônia poucos meses depois do nosso último encontro. Recebeu um convite para trabalhar em casa de família, matriculou-se na escola noturna, mas não foi cursar.

Sorriu acanhada quando pedi que entrasse comigo na loja e me ajudasse a escolher o sapato de couro. Hesitou. Ajeitou os cabelos mechados para o alto, olhou para os transeuntes, depois disse estar com uma amiga e pediu desculpas pela pressa.

Havia um quê de dissimulada, havia outro quê de vergonha, timidez... Só sei que nos abraçamos em silêncio. Senti cheiro de pequi, senti o corpo de Daiane amolecer, mas também o vazio de vê-la escapulir entre as sacolas de compras de uma família. Alguém gritou que estávamos obstruindo a entrada da loja.

Mamãe teve de se conformar em me ver de tênis no seu grande dia de conjunção de Mercúrio, Júpiter e Vênus! Ela acreditava estar prestes a formar um triângulo perfeito (ao menos no plano astrológico): ela, o advogado e a filha. Também aprovou minha aparência lavada e enxaguada em bons perfumes, camisa de colarinho, o jeans menos surrado do armário. Chegou até a me abraçar, no táxi, enquanto dava as últimas instruções de etiqueta para minha apresentação ao futuro titular dos seus cartões de crédito. Pobre mamãe. Nem tudo é contabilidade para ela, mas me acostumei com seus balanços intermináveis, de um mundo dividido entre os que pagam e os que devem.

Chovia forte. Parecia noite, com semáforos piscando no amarelo e os vidros do carro cada vez mais embaçados. Para minha surpresa, o táxi estacionou em frente ao prédio próximo do Jockey Club, cor de tijolo, com jardim de fícus enfileirados e tosados como soldadinhos. Só então entendi: o advogado promissor divorciado, a enteada linda e branca como a neve...

– Como é mesmo o nome da filha do seu namorado? – perguntei à mamãe, ocupada em abrir o guarda-chuva gigante.

– Antônia. Ela é um pouco mais nova do que você. Uma menina de ouro, branca, precisa ver, bonita, doce... – e foi desperdiçando adjetivos, enquanto minha cabeça rodava.

Mamãe ajeitou a roupa em frente à portaria do prédio. Fingi que havia esquecido algo no táxi.

– Documento? Caiu do teu bolso? Corre, corre, molenga! Antes que ele faça a manobra! Só me faltava essa... – reclamou, agitando os braços para o taxista.

Entrei no táxi. Ainda olhei mamãe nervosa, tentando sustentar o guarda-chuva gigante ao mesmo tempo que gritava algo por um daqueles malditos comunicadores, que fazem o visitante mendigar um abrir de portões.

Pedi ao motorista que me levasse de volta para casa. Indiquei o retorno à esquerda e fui mostrando o caminho até entrarmos na avenida Lineu de Paula Machado.

Tudo parado. Semáforos desligados, a noite virou noite, e a chuva caindo de meu Deus... Chorei como um condenado, imaginando perder minha mãe para a malvada família da irmã sol. Pude até vê-la lavando pijamas para o advogado e os uniformes de Antônia no tanque do apartamento.

Daiane, Daiane, Daiane, por que nem peguei a porra do número do seu telefone?

O taxista, desconfiado, olhou pelo retrovisor. Limpei o rosto e tratei de desembaçar o vidro com a manga da camisa para enxergar melhor. Foi então que vi caídos sobre os fios de eletricidade os galhos peludos da nossa sibipiruna. A árvore desabara sobre dois carros, interrompendo o trânsito da região.

A mendiga do Macuco

Ainda hoje é difícil cruzar com os mendigos de rua sem imaginar que escondido por trás de cicatrizes de faca, da barba e do cabelo imundo possa estar meu tio Orfino. Esse irmão de minha avó materna abandonou a família, sem deixar rastro, na década de 1930 e fez de tudo para não ser encontrado: a cada anúncio de jornal dando conta do seu desaparecimento, aí é que sumia de vez. Dizem até que mudava de nome quando sentia cheiro de gente conhecida no seu encalço. Depois, pé na estrada, até encontrar outra freguesia onde pudesse vestir o jaleco de professor das primeiras letras. Sem querer as palavras começam a ganhar a idade do tio Orfino, porque hoje nem há professor de primeiras letras nem roça como a gente da cidade grande costuma imaginar: um milharal verdejante, bem plantado, ao redor de uma casinha com fogão a lenha fumegando. Nada disso. É uma casa de chão batido que mal dá para quem mora, sem forro, um fogão de lenha sem serventia (pois hoje o costume é cozinhar do lado de fora, sobre uma grelha improvisada) e uma terra que pertence a outros. Quer dizer, não é bem uma terra. É chão. Com algum milho plantado.

Minha avó passou a vida a suspirar pelo irmão perdido, ensinando-me a ser compassiva com os maltrapilhos. Que eu cumprimentasse, de preferência sorrindo, e deixasse moedas, sempre que pudesse. Que eu não fechasse a porta, muito menos batesse com força e dissesse ao desalmado: "Passe outra hora". Assim, acostumei a pedir que esperassem do lado de fora enquanto preparava um prato de comida para servir com talheres fora de uso. Cheguei mesmo a dar beijo nos pães – a conselho da avó – antes de entregar aos pobres coitados. E, assim, quem sabe adoçasse a boca do velho tio Orfino, onde quer que estivesse a esmolar. "Que Deus a abençoe, minha filha." A avó traçava o sinal da cruz na minha testa, agradecida.

Apesar dos ensinamentos, os quais tentei seguir com rigor, confesso que, encerrada a infância, adotei justamente o oposto à caridade cristã. Movida por outros ideais – que considerei mais revolucionários, verdadeiramente fraternos – e, sobretudo, por razões de segurança, passei a evitar marquises e viadutos à noite. Atravessei ruas, olhei de soslaio e desviei; não atendi portas a desconhecidos, e até deixei homens passando frio à frente da minha casa. Fingi não vê-los e tratei como assunto de políticas públicas. Além disso, por que não tratar bebum como bebum e malandro como malandro? A vida adulta me mostrou que o negócio era ficar bem esperta para que nenhum deles me atacasse sem dó nem piedade numa quebrada escura com uma garrafa velha ou um porrete.

Mas chega o dia em que nada detém a força da realidade.

Foi inútil tentar arrastar Maria Rita na direção oposta àquela concentração de mendigos sob o viaduto, em Santos. Ela, ao contrário, me fez parar, espantada, quase se atirando sobre uma velha catadora de papel sentada na sarjeta. Pensei em deixá-la sozinha com a velha para, quem sabe, espiar seu próximo ato de contrição num interminável *pequei muitas vezes por pensamentos e palavras, atos e omissões...* Afastei-me o que pude. Aproveitei para acender um cigarro e, de quando em quando, dar só uma olhadinha.

A velha trazia uma expressão atoleimada; eu já havia visto aquele corpo disforme, aquele rosto inflado... Um homem passou de bicicleta. Matei a charada: Iberê Camargo, aquele pintor das velhas idiotas.

Maria Rita ficou agachada, tentando arrancar alguma palavra da mulher. Parecia não funcionar. Finalmente, vi quando anotou o número no papel, apoiada sobre os joelhos, equilibrando a bolsa, com o cabelo na cara. O que terá imaginado? Que a pobre ligaria para uma nova cooperativa de catadores? Ou que a procurasse, logo mais, para um encontro no Café Floresta?

Minutos depois, Maria Rita agarrou meu braço, visivelmente transtornada. Pulamos alguns obstáculos feitos de papelão, madeira velha e restos de fogueira, até atravessarmos a avenida. E, na primeira oportunidade, Maria Rita virou, apontou para mim a mendiga catadora.

– Eu juro, tenho certeza, é minha cunhada! Preciso voltar lá.

Nunca pude imaginar que algum irmão de Maria Rita tivesse abandonado a esposa a esse ponto de miséria. Mas parece que não era o caso. Mais calma, empoleirada com dificuldade (assim como eu) na banqueta da lanchonete de esquina, contou-me a razão do espanto.

– É a maluca da minha cunhada, eu posso jurar. Há anos está sendo procurada pelos filhos... – desabafou Maria Rita sem tirar os olhos da movimentação sob o viaduto.

– Mas qual a razão dela ter dado sumiço?

– Ninguém sabe direito. Meu irmão, da primeira família do meu pai, separou-se dela faz tempo. Logo depois da separação, sentimos que ela começou a ficar meio trelelé da cabeça. Não saía de casa, não tomava banho, passava o dia com um casal de crentes lendo a Bíblia.

– Tinha filhos?

– Sim, meus sobrinhos já estavam criados. A família é muito rica: quadros, objetos de arte, mais de vinte imóveis. Tem até um palacete no Pacaembu, em São Paulo!

– E não sobrou nadinha pra você?

Maria Rita sorriu.

– Ela é de família rica e tradicional. Meu irmão é um tonto, nem pra segurar o dinheiro da ex – zombou, sorrindo.

– Ela adoeceu?

– Aí é que está. Depois da separação ainda sofreu um acidente de carro. Foi quando surgiram os sinais graves de demência. Nem dentes postiços aceitou usar. Também não abria a porta para os filhos. Só para o tal casal de crentes.

O café estava requentado, e Maria Rita não despregava os olhos da rua.

– Os meninos tentaram interná-la no manicômio – prosseguiu, tentando segurar o fio da história.

– Bonzinhos eles... – comentei.

– O que fazer numa situação dessas? Todo mundo tinha medo de que ela desse fim ao patrimônio deles. E, pelo jeito, foi o que acabou fazendo – considerou Maria Rita, surpreendendo-me com seu pragmatismo.

– E por que não cuidaram dela em casa mesmo? Ou no palacete do Pacaembu, com criadas e enfermeiras nos três turnos, como tanta gente rica faz?

A conversa parou ali.

Maria Rita despejou o que tinha de dinheiro trocado sobre o balcão e saiu, mais uma vez desabalada, resolvida a seguir a mulher ou a ex-cunhada ou a idiota viva de Iberê. Não tive outra saída senão ir atrás: Maria Rita, a mulher e um carrinho de feira de três rodinhas com latas de cerveja amassadas e outros bagulhos. Saímos os quatro em direção à praia do Gonzaga.

Na primeira oportunidade, Maria Rita acomodou a mulher no banco do jardim, à sombra das amendoeiras (acredite, habitante da megalópole maltratada, elas existem ao longo de todo o jardim da orla). A velha não desgrudava do carrinho de feira e parecia não ir muito com minha presença. Deixei as duas e fui admirar o leão da praia. Sim, ele mesmo. O leão das fotos de famílias: crianças montadas sobre o generoso dorso de pedra, e aquele bando desajeitado de parentes nas suas roupas de banho encharcadas, areia molhada nos cabelos. Sorrisos de um clique. Houve tempo em que pensei não existir uma única família sem aquela pose para foto na praia de Santos. Durante décadas funcionou como passaporte turístico da verdadeira praia, a maior praia urbanizada do mundo! Hoje, o leão está a pedir tratamento: perdeu um dente inferior e, com este, a imponência. "Ruge, leão!", desejei no íntimo.

O leão não rugiu. Mas a conversa das duas engatou. Tempo suficiente para dois sorvetes, um cigarro e uma água mineral, até aproximar-me com cara de quem precisa de uma decisão: ou a cunhada, ou a rodoviária. Qual o próximo destino?

Maria Rita percebeu a intimação no meu olhar e, agora amparando a mulher, propôs decidida:

– Vamos pegar um táxi e acompanhar a Neiva até a casa dela. Não é, Neiva? Podemos te levar em casa? – repetiu Maria Rita tentando, ela própria, se convencer de que a mulher não desistiria da ideia um minuto depois. Se é que estava entendendo o que se passava, pois o olhar, embora aceso, parecia ligado apenas nos badulaques do carrinho.

Não tive outra saída senão parar o táxi e deixar que as duas se acomodassem no banco de trás.

– Macuco? Padre Anchieta? É isso mesmo, Neiva?

– Sim, é pros lados do porto – foi se adiantando com as instruções ao motorista.

O homem olhou pelo retrovisor com cara de "só me faltava essa", preocupado com a sujeira anunciada para o carro recém-encerado. Acabrunhado, sem dar palavra, saiu do carro para botar o carrinho de feira no bagageiro.

Espremidas no banco de trás, abrimos bem o vidro. A brisa do mar invadiu tudo, até meus ouvidos, que, com dificuldade, decifravam o monólogo de Maria Rita.

– Não tem que ter medo, Neiva. Ninguém vai te maltratar, eu prometo. Seus filhos te amam, Neiva. Querem o teu bem! Só querem o teu bem, viu?

A mulher tremia as mãos, olhava para fora e agitava-se.

– Quer que feche o vidro? Deixa que eu fecho pra você! – insistia Maria Rita tentando adivinhar os desejos da cunhada. – Tá bom assim? Isso... Nada como um ventinho bom na cara, não é, Neiva? – Maria Rita parecia satisfeita com o resgate.

A velha do Iberê virou pintura. Neiva perdera a memória ou, quem sabe, apenas o naco da história que a ligava ao passado. Restaram o palacete, mais vinte imóveis e objetos de arte para os filhos, os agregados, os empregados, os administradores do negócio, os comerciantes de arte, os corretores de imóveis, os donos de imobiliárias, os curadores, as empresas de manutenção – e os advogados, juízes e desembargadores sobre pilhas de papéis da ação anulatória das escrituras e dos pedidos de reintegração de posse. Ah... Já ia me esquecendo: as indenizações por perdas e danos.

– À direita, à direita, à direita. – Maria Rita enfiou a mãozinha quase no rosto do taxista, obrigando-o a uma manobra perigosa.

Os dígitos do taxímetro já haviam corrido mais do que o motorista. Contabilizei o prejuízo: Maria Rita não tirara dinheiro vivo e estava, portanto, dependendo de mim até chegarmos à rodoviária, onde me prometera restituir as despesas. Chequei na bolsa se ainda tínhamos o suficiente. E aproveitei para fechar bem o zíper da carteira, pois estávamos outra vez rodeados pelos maltrapilhos – alguns deles deitados sobre embalagens de fogão, arranjadas bem em frente ao endereço da mendiga, digo, Neiva.

Maria Rita é mesmo o que podemos chamar de uma moça "despachada". Pois em poucos minutos esvaziou o quartinho da cunhada, aos fundos de uma loja de construção abandonada. Na verdade, tratou apenas de garimpar possíveis papéis pessoais, um ou dois vestígios do passado valioso: a bolsinha de malha de metal, um postal de Amsterdã, uma carteira mofada com escapulário de Fátima e uma estola de festa, com traças, enrolada em jornal. O restante era desanimador: cacarecos panos sujos embalagens engorduradas bitucas de cigarro comidas mofando. Uma instalação de arte contemporânea não seria mais reveladora do estado de abandono do que cada treco sem valia que guardava. E nem poderia exalar cheiro mais humano.

– Aqueles dois vão pagar caro, viu? Um absurdo! Um absurdo! – repetia Maria Rita. – Primeiro roubam você, Neiva. Depois, arrancam a procuração de posse! E aí te largam nesse muquifo do inferno? Já viu isso?

Nem sim, nem não. Neiva agitava-se numa arrumação inútil: tentava botar um vasinho quebrado num saco de plástico imundo. O vasinho teimava em não entrar. O saco parecia ter as faces coladas. Ela, então, recorreu a um pedaço de jornal. Abriu apressada a folha. Mas, a essa altura, já esquecera o vasinho, agora caído sobre o saco plástico.

– Filhos da puta! Você acredita (dessa vez a conversa era comigo) que aquele casal... Lembra? Os dois beatos fanáticos que ficavam orando dias e noites no palacete do Pacaembu... Foram eles – indignava-se Maria Rita, amarrando de qualquer maneira a sacola. – Foram eles que dominaram essa pobre criatura. E se apossaram de tudo. Não é, Neiva? – apontando para Neiva, que, nesse momento, até pareceu concordar com Maria Rita, como se dissesse: "Sim, sou uma pobre criatura". – Deus me perdoe –

continuou Maria Rita. – Respeito todas as religiões, mas aqueles dois tartufos encheram a cabeça dela dessas bobagens de largar a família...

– *Ora, disse o Senhor a Abrão: Sai da tua terra, da tua parentela e da casa de teu pai e vai para a terra que te mostrarei.* Gênesis, capítulo 12, versículo 1.

– Não vem com essa. Faça o favor! – irritou-se Maria Rita.

– Ué? Esse negócio de separar-se da parentela, de virar as costas pro passado, é a tal da provação: a entrega incondicional ao chamamento divino. Mas, vamos e venhamos, o Macuco parece mais divertido do que ir pro manicômio, não?

Neiva voltou-se, de boca aberta, olhando na minha direção.

Maria Rita arregalou o olho. A palavra "manicômio", obviamente, deveria ficar para sempre proscrita. Como convencer Neiva a voltar para os filhos se ainda pairasse no ar a ameaça do esquecimento assistido?

– Abre essa janela, pelo amor de Deus! – suplicou Maria Rita, desviando a atenção de Neiva.

Certa da imobilidade da velha, eu mesma tentei empurrar a janela de ferro. A coisa empenou para um dos lados. Com a ajuda de Maria Rita, acabamos por quebrar de vez um dos fechos enferrujados.

– Caraca! – assustou-se Maria Rita, dando um salto para trás.

Maria Rita não hesitara em entrar no quarto da ex-cunhada nem de arrastá-la consigo pela cidade inteira movida pelo firme propósito de devolvê-la aos filhos. Mas o fato de ter quebrado o fecho de ferro da janela apavorou-a verdadeiramente.

Foi então que botei meu espírito para acalmá-la. Calcei o vão da janela com uma lata de tinta vazia e encerrei o assunto, decidida:

– Para com essa catação inútil! Chega de miserere, Maria Rita. Liga de uma vez pros tais herdeiros premiados do Pacaembu. Quero ir embora de radiotáxi de luxo, combinado? E vai logo, antes que a cunhada desista.

Havia anos minha amizade com Maria Rita alimentava-se de uma estranha lei da compensação: ela, compassiva, medrosa, porém obstinada e com respostas sempre na ponta da língua; e eu, materialista mambembe, metida a sabichona e dona das mais impressionantes respostas para serem ditas anos depois, no vão da escada, com a coisa ainda remoendo por dentro.

– Você acha que eu devo passar a chave? – Maria Rita perguntou, tirando o celular da bolsa.

– Por quê? Pra aumentar o número de gente dormindo lá fora? A tomar pelo cheiro, isso aqui é um equipamento de grande utilidade pública... Se eu fosse da sua família, deixava a turma dos esquecidos invadir.

– Não precisa exagerar... Alô! – Maria Rita parecia ter encontrado a voz que procurava. Abanou a mãozinha para mim, num gesto traduzido por: "Não fale alto, estou ouvindo mal!". E mais abanadas frenéticas significando: "Fique de olho na velha, é capaz de escapar". – Meu Deus, nem acredito, é seu filho, Neiva! – declarou comovida, arreganhando os dentes de felicidade e sacudindo a cabeça na direção da mendiga, inerte.

Na última vez em que estive com Maria Rita soube que os advogados da ex-cunhada haviam entrado com o processo para recuperar o palacete do Pacaembu e os outros bens. Fiquei curiosa sobre os detalhes do encontro com o filho, pois naquela volta de Santos preferi que o motorista me deixasse no metrô. Um cansaço súbito me abateu: a velha apalermada, o congestionamento, a voz aguda de Maria Rita falando sem parar. Cheguei mesmo a sentir um mal-estar físico, impregnada dos cheiros do quartinho do Macuco.

– Foi emocionante... – resumiu Maria Rita, saudosa pela recompensa do seu heroísmo. – A Neiva, por alguns minutos, pareceu renascer das cinzas! Afagava o filho, arrumava a gola do paletó dele com o cálculo de um alfaiate. Todo mundo chorou!

– Coisa de novela! Parece o príncipe e o mendigo, não? – falei, sem esconder a ironia, pois nunca entendi direito como Maria Rita sabia detalhes da história entre a velha e os crentes. Todas as vezes que voltava à memória o encontro das duas em Santos, uma estranha cena saltava em primeiro plano: Maria Rita, a idiota de Iberê e o carrinho manco sob a amendoeira da praia.

– Pena que a lucidez durou quase nada – lamentou Maria Rita, completando o relato. – O tempo suficiente pra ela dizer que fazia questão de que os filhos recuperassem tudo, tudo tudo tudo o que ela havia perdido. Que não se preocupassem com o destino dela, só uma pobre criatura de Deus. Que ela os amava como ninguém no mundo...

– E alguns dias depois: uma procuração assinada em branco – brinquei com Maria Rita, imaginando que os filhos poderiam se aproveitar daquelas sinapses proveitosas para resolver a partilha.

– Isso eu não sei. Acho que ninguém pensou nisso, ao menos naquela hora – duvidou Maria Rita, entre crédula e dissimulada.

– E a história do manicômio? – insisti no meu interesse pelo destino de Neiva.

Maria Rita sorriu.

– Ela foi prum apartamento, num prédio adaptado pra terceira idade. Só os remédios custam uma fortuna! Duas enfermeiras! Cama limpa, tudo cheiroso, precisa ver a diferença...

Pelo jeito, Maria Rita resolvera cair de amores pela família da ex-cunhada milionária.

– A tomar pelo ritmo da justiça, quando resolverem anular os atos jurídicos cometidos e reconhecerem a *completa incapacidade da alienante para os atos da vida civil,* talvez encontrem sua cunhada dormindo sob a terra.

– Credo! Você fala de um jeito...

– O casal beato deve recorrer, imagino. Reunirá os fiéis, clamará pela justiça divina. E o pastor não arredará o pé de um dos imóveis alugados pros cultos.

– Nossa! Essa história mexeu com você, hein?

– Estou brincando, Maria Rita. Acho que estou me tornando uma mulher ressentida. Ou uma velha. Ou uma velha ressentida, o que é o pior dos mundos. Hora de partir pro Macuco e de viver à sombra das amendoeiras da praia.

– Duvido – disse Maria Rita, tentando afastar o peso do meu olhar sobre ela.

Despedimo-nos como duas estranhas, cada qual para uma direção determinada. Maria Rita, para o caixa automático. Eu, para o ponto de táxi, onde fui abordada por um velho maltrapilho pedindo fogo para o cigarro amassado.

Entreguei a ele meu maço de cigarros quase cheio, o isqueiro de plástico, uma nota de cinquenta reais e mais as moedas soltas do fundo da bolsa.

O velho, talvez com medo de que os taxistas pensassem se tratar de um assalto, ensaiou recusar.

– Deixa disso, tio – insisti, falando alto. – Isso tudo é pra você.

Entrei no táxi sem olhar para trás, como convém ao *fazer o bem sem olhar a quem.* Decidida, liguei do celular para minha mãe:

– Por que é mesmo que o tio Orfino abandonou a família?

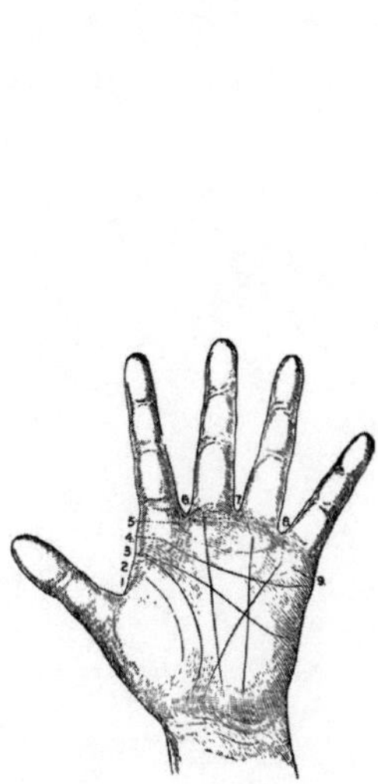
5
4
3
2
1
6
7
8
9

Senão eu atiro

Atravessou a rua Álvaro Rodrigues assustadiça, apertando a sacola contra o peito. "Rio de Janeiro, parceiro, não é mole, não!", conformava-se Nanci, acostumada à prontidão de cão de guarda. Num segundo, um encontrão, o pivete, o baque do corpo caindo na calçada e adeus aos tubos de tinta vindos de Paris, muito mais valiosos que seu salário de auxiliar de pintor famoso. Na cidade, quase às escuras, a moça desviou do desfile perpétuo de bêbados e drogados sob as marquises. "Figuras espectrais da civilização!", diria o pintor. Enquanto isso, na claridade do ateliê, meninos seguiam girando carretéis no eterno paraíso da infância. "Grande mentira a pureza original. Grande mentira virginal", pensou Nanci, imaginando filetes de sangue escorrendo dos tubos de tinta importados. "Custam os tubos!"

Embora trabalhasse ao lado do pintor havia mais de cinco anos, a moça teimava em fazer essas contas – remessas de tintas, pincéis, solventes, telas de linho belga, em trânsito pela Europa até o ateliê do Botafogo. Os valores, no país dos anos 1980, que pretendia até acabar com os centavos, sempre lhe causavam espanto. E, além do mais, quantos esboços e pinturas feitas depois de meses de trabalho iam parar no lixo? Sim, no lixo. O pintor, possuído pela fúria de um deus mandão, rasgava o imperfeito, rasgava também o mais-que-perfeito, a ponto de os amigos sonharem com um alçapão no andar de baixo do pavimento para que os mortais fossem abençoados com o lixo do pintor.

Bem. Isso não era da conta de Nanci. Não quis fazer Belas-Artes em vez de Medicina? Não planejou ser assistente de pintor famoso? Não chorou de felicidade quando selou a última letra do acordo que fizeram para o trabalho a dois, no silêncio do ateliê? Que ele era um homem temperamental, ela bem que fora avisada. Que era avesso aos parentes, até os colunistas de jornal sabiam. Mas que artista genial não seria?

Os tapumes

Nem bem tirou a chave da porta e lá estava a cena: o pintor, mal se equilibrando na escadinha da estante, tentando pregar uma chapa de madeira na janela. Devia estar furioso, concluiu Nanci, pois qualquer pessoa em sã consciência saberia a inutilidade em usar aquelas placas de fundo de moldura para barrar o ruído exterior.

Falar qualquer coisa em momentos como aquele, entretanto, costumava ser de alto risco: o pintor podia enfurecer-se ainda mais, tropeçar na escada... enfiar o martelo nos vidros. Não. Nem pensar. O pintor não suportava o barulho da cidade eufórica e hiperativa. Muito menos ruídos de tevê ligada ao fundo, de crianças brincando no corredor, da mãe ralhando com o moleque do andar de cima. E o porteiro assobiando à toa de manhã? Isso podia tirar-lhe o humor pelo resto do dia.

Nanci arrumou as sacolas sobre a mesa de madeira, separou a lista de notas fiscais e fingiu estar preocupada apenas em conferir a mercadoria. Repetia em voz alta:

– Um tubo grande de *blanc d'argent*; *bleu de prusse*; *outremer foncé*; *rouge de cadmium foncé*; *noir d'ivoire*; *vert eméraude*. Deixa ver: escuro. Este aqui... – Olhou disfarçadamente para a janela, separando o tubo verde dos demais. – *Laque carminée*; seis vidros de *vernis à recouvrir Lefranc*...

– Nanci, me ajude aqui, um minuto só, segure aqui... – disse resfolegante, sugerindo que ela sustentasse metade da chapa enquanto o prego afundava na parede. – Animais! Histéricos! Acredita que aquela anta do terceiro andar também inventou de cantar samba altíssimo? Só me faltava essa! Aquela idiota não sabe nem apertar o botão do elevador... Segure mais um pouco... Acho que o prego não vai.

– Você quer que eu suba mais um pouco? Assim? – quis saber a auxiliar, esforçando-se para ajustar a chapa ao batente da janela.

– Merda! Esse prego é muito fraco pra essa porcaria, não acha?

Dessa vez Nanci teve certeza de que o gesto era um pedido de socorro. Tudo o que ele mais desejava era que ela o obrigasse a desistir. Recairia, assim, sobre as costas da auxiliar a decisão de evitar tapumes pregados às janelas, deixando o pintor livre para repetir pelos próximos cinco anos: "Satisfeita agora com o barulho, dona Nanci? Eu bem que disse, eu disse, teria sido melhor pregar uma porcaria qualquer nessa janela...". Inconformado, pediria apoio aos ouvintes, como se Nanci fosse a criança mimada e ele, embora com idade para ser seu pai, pobre vítima da teimosia.

– Vamos, desista... – sugeriu Nanci. – Amanhã podemos consultar uma empresa de vidros duplos. Que tal? Aqueles antirruídos...

– Quem "podemos"? Você fala como se você e eu fizéssemos um jogral. Que mania! – resmungou.

– Posso procurar a empresa? Pedir um orçamento?

– Acha mesmo que é o suficiente pra calar essa gente? Eu, por mim, chamava a polícia outra vez!

– Não, não vai resolver. Melhor pedir um orçamento pra vidros duplos em todo o ateliê...

O pintor esticou o corpo, alongando-se demoradamente. Apesar dos seus 65 anos, era homem forte, músculos cultivados à base de exercícios abdominais diários, à moda dos rapazes de caserna.

– Já ouvi dizer que esses duplos são uma fortuna. Sem falar que ainda teremos de aguentar a equipe de imbecis andando de lá pra cá... Desde que reformei o andar de cima, prometi que nunca na minha vida teria o desprazer de ter um pedreiro, pintor, encanador ou qualquer enganador dessa raça na minha frente.

– Se não for uma fortuna impagável, posso marcar a instalação quando você estiver fora da cidade...

– Não sei se é uma boa ideia. Você, sozinha, aturando velhacarias.

– Está bem – Nanci resignou-se, esperando a poeira baixar.

– Você acha mesmo que um troço duplo desses trará o silêncio de volta?

Silêncio.

Silêncio e solidão.

Nanci já estava exausta de ouvir essa conversa do pintor. Como se silêncio e solidão fossem o barro criador. Ela entendia serem necessários, mas aprendera também a temê-los. Silêncio e solidão. Houve tempo de florescimento no ateliê cheio de amigos nas madrugadas quentes: música alta, gargalhadas, discussões intermináveis e garrafas de uísque de milho deixando marcas na mesa de madeira. Idas em bando às exposições, auditórios repletos, mulheres perfumadas, visitas fora de hora, salas e mais salas de museus, cavalete no alto da Pedra do Quilombo, sotaques de outros países, cartas afetuosas dos que partiam, abraços demorados dos que chegavam. Silêncio e solidão. Nanci dava de ombros, olhando para o pintor estendido no sofá: tampões auriculares e máscara para os olhos. De pensar que quase se apaixonara por ele. Quase. Porque, do mesmo modo que o furor e o frenesi diante da tela a atraíam, o comportamento dos últimos tempos, mais parecido com o de um soldado enfiado numa trincheira, a assustava.

Porém a pá de cal no último arroubo sentimental da fiel assistente pelo pintor deveu-se ao mau jeito com que ele tratava a única filha, Úrsula, ponto-final de um caso sem importância. Tinha a mesma idade de Nanci. Bonita, culta, criada bem longe dos olhos do pintor e agarrada às saias da "mãe da menina" – como ele costumava se referir a tal mulher. Nas poucas visitas ao pintor, lá permanecia Úrsula:

à beira do precipício paterno. Até o dia em que passou a ligar apenas nos aniversários e a não mais sorrir nas fotos de vernissages.

– Se não abri mão da minha liberdade por Úrsula, que é minha filha legítima, por quem haveria de fazer isso? – declarou à auxiliar numa tarde após recusar o convite para dirigir uma escola de Artes. – Só me faltava essa: eu, responsável por alguém!

Violeta do Egito

Como por milagre, o pintor atendeu o telefone antes das dez da manhã. Parece até ter adivinhado a urgência. Nanci havia sofrido um atentado ou algo parecido. Fora socorrida por um gari nas imediações da rua da Passagem. Estava com escoriações pelo corpo e ainda sob efeito de sedativo. A assistente social do hospital São Zacarias encontrara o telefone do pintor na sacola de compras da vítima. Fez questão de dizer que os talões de cheque e alguns envelopes endereçados ao ateliê estavam em seu poder – poderia retirá-los no próprio hospital caso viesse em socorro da assistente.

Foi o que o pintor fez de imediato, enfiando as calças de qualquer maneira. Era incapaz de avisar a família da moça – nem fazia ideia onde estaria uma agenda ou guia de telefones. Nos últimos anos,

Nanci era o depositório dos nomes, endereços e datas, espécie de memorial ambulante. Recordava-se, apenas, de que Nanci tinha uma irmã em Nilópolis e morava com a mãe em São Cristóvão.

Vasculhou os bolsos para ver se tinha documentos e dinheiro suficiente para o táxi e desceu pelas escadas, aflito.

"Que diabo pode ter ocorrido à Nanci nesta cidade de faroeste?", matutava o pintor enquanto o porteiro chamava um táxi. Não conseguia lembrar ao certo se fora "atentado" a palavra usada pela mulher do hospital. "Assalto? Não, assalto não foi, pois os talões de cheque estão lá..." O pintor pensou: "Uma bomba à saída da estação do metrô! O terror. Sim, o terror. Mortes diárias de pretos, traficantes, soldados, ladrões, camelôs, pais de família. Uma cidade com sangue nas ruas, crivada de balas! Será que foi bala perdida? Cidade maravilhosa... só se for vermelhão e violência. Cidade em guerra", revoltava-se, atravessando o átrio do hospital.

– Senhor! – a mulher de uniforme azul gritou do balcão. – O senhor tem que se identificar no guichê, não pode entrar sem cartão...

O pintor retomou ares de cidadão e dirigiu-se ao guichê.

– Senhor! Senhor! – a mulher de uniforme azul insistiu. – O senhor tem que pegar uma senha naquela fila – disse, apontando para um labirinto à direita.

– Recebi um chamado urgente! – tentou argumentar inutilmente para a mulher, que cumprimentava a colega ao lado e nem sequer dera atenção.

O pintor preferiu aguardar que as duas terminassem a conversa para explicar sua demanda. Afinal, recebera um telefonema da assistente social. Mas, em pouco tempo, notou que se tratava de troca de turno, pois a mulher de uniforme azul recolhia seus pertences debaixo do balcão com a expressão de quem deixa para trás uma noite inteira de trabalho.

– Como eu ia dizendo pra sua colega... – o pintor ensaiou novamente o pedido de informação, dessa vez à loira oxigenada.

– Primeiro o senhor retira a senha! – a mulher foi peremptória, virou as costas e deixou o balcão vazio.

Derrotado, o pintor seguiu o tal labirinto para retirada de senha, impaciente, sem reivindicar privilégios da idade que a aparência desmentia. Esperou, sempre alerta, imaginando encontrar a qualquer momento uma pessoa que o reconhecesse e que tivesse "o mínimo de inteligência" para conduzi-lo ao setor de assistência social.

De repente, as sirenes invadindo o átrio do hospital. Duas macas, uma equipe de socorro, dois jovens baleados. Até a loira oxigenada surgiu correndo, prancheta à mão, conduzindo as primeiras diligências.

"Porta do inferno", repetia para si mesmo o pintor, até chegar sua vez, até esquecer o nome completo de Nanci e quase botar todo o esforço da última meia hora de espera a perder.

– Ela precisa de mim, dona. Eu fui chamado até aqui. Não vim porque esteja na ociosidade da minha aposentadoria, a senhora é capaz de entender? – perguntou, olhando feio para a atendente.

– Sinto muito, mas se o senhor não tem o sobrenome da moça, não se lembra do nome da assistente social que telefonou pra sua casa, não posso fazer nada! Como vou localizar a ficha? – respondeu, com um deboche visível no rosto.

– E não pode pedir ajuda? Chamar a assistente social?

– Olha só: o senhor não lembra o nome da assistente social e quer botar a culpa pra cima de mim? – reagiu, com arrogância.

– A senhora pode chamar qualquer assistente social, minha filha. Qualquer criatura terá mais boa vontade do que a senhora, compreende?

– Eu não posso largar aqui pra ir atrás da assistente social. É outro departamento, na rua de trás. Daí, meu senhor, sem o sobrenome da acidentada... nada feito!

– A senhora não *pode* ou não *quer* localizar as mulheres de nome Nanci que deram entrada nesta barafunda? Ou a senhora revira essas suas fichas ou eu mesmo baterei de porta em porta até achar a Nanci que procuro!

– Não adianta procurar por Nanci. O cadastro é pelo sobrenome! Dá pra entender isso? Caramba, parceiro! – a mulher falava alto, buscando o apoio do homem de boné atrás do pintor.

– NÃO PODE! O SISTEMA NÃO PERMITE! OU A SENHORA É ANALFABETA? – O pintor invadiu o balcão com meio corpo, aos berros, como torcedor de estádio.

– Sinto muito, senhor. Mas o senhor está praticamente me atacando, está sendo inconveniente, isto aqui, se não percebeu, é um hospital. E o senhor está empatando a fila! – disse, baixando a voz, um pouco amedrontada e dando-se conta de que o homem estava disposto ao espetáculo.

– AH!... EU ESTOU EMPATANDO A FILA? – Olhou para trás e viu mais de quinze pessoas à espera de atendimento: o homem de boné, mulheres com crianças no colo, velhos de muletas, velhas com aspecto doentio, mocinhas roendo unhas.

A atendente começou a temer por aquela altercação. O homem parecia perturbado e só agora ela se dera conta da idade e do aspecto de gente de prestígio, o que poderia acabar em advertência da supervisora.

– Pois então a senhora me obriga a usar a maneira mais elementar, a forma mais primordial da comunicação humana pra encontrar a quem procuro.

Dizendo isso, o pintor começou a gritar com as mãos em concha:

– NANCI! NANCI! NANCI!

Para a surpresa da plateia – dividida entre indignação e curiosidade –, uma senhora de cabelos grisalhos enrolados, baixinha, mal se equilibrando num tamanco de plataforma, veio ao encontro do senhor histérico. Postou-se ao lado do pintor e dirigiu-se à atendente:

– Este homem é o patrão da minha filha, Nanci Batista, a moça que deu entrada hoje... Não sei o que aconteceu, mas parece que o patrão dela foi avisado antes, não é isso?

O pintor apertou a mão da mulher um pouco desconcertado. Os documentos da mãe foram parar na mão da atendente e, em pouco tempo, ambos estavam diante de Nanci, fraca e com muitas marcas de violência em todo o corpo. De tão inchado o rosto, nem sorrir sorria. Mas, no íntimo, alegrava-se com a visão daquele par tão inusitado: a mãe e o pintor. Título para uma obra adiada.

"Violeta do Egito", imaginou o pintor vendo os hematomas tomando a pele branca de Nanci. "Violeta azulado, azul ultramarino", o quarto de paredes sujas se encheu de sombras arroxeadas.

Sem saber o que dizer, o pintor pegou a mão gelada da assistente.

– Conte comigo, Nanci. Não se preocupe com nada. Com nada... Está ouvindo? Se sua mãe quiser, vamos todos pruma clínica particular, compreende?

O olho esquerdo, semiaberto, da moça aquiesceu.

– Quem foi o bandido, minha filha? – perguntou a mãe assumindo seu lugar na cabeceira do leito. Chorosa, porém firme.

As lágrimas escorreram pelo rosto de Nanci.

Só mais tarde o pintor teve acesso às anotações do boletim de entrada: "07h15min. Sinais de espancamento e violência sexual (escoriações, equimoses, hematomas e ferimentos vaginais)".

– Quer saber? – disse o pintor ao médico plantonista, de jaleco amarrotado. – O bandido ficará na boa. Se pegar xadrez, cumprirá apenas dois anos em regime semiaberto.

– Esse é o Brasil – resumiu o médico, farto daquele diagnóstico sociológico de porta de PS.

– Sim, senhor: o bandido terá direito a banho de sol, samba e visita íntima. Enquanto nós, os cidadãos, morreremos só depois de pagar em dia a ração dos vagabundos! – decretou para mais ninguém.

No corredor de paredes imundas, ouviu-se apenas a voz do plantonista:

– Próximo!

Balas prateadas

– Como está Nanci? – o crítico e gravurista, amigo de muitos anos do pintor, perguntou consternado.

– Totalmente recuperada! – resumiu. – Voltou semana passada. Sem ela, vivi um bombardeio diário no ateliê. Sobrevivi graças aos vidros duplos, e assim não ouço mais as explosões, e à tolerância do meu gerente do banco. Durante a ausência de Nanci, as contas continuaram lá, sob o capacho, esperando por socorro – exagerou o pintor procurando um copo limpo para servir uísque ao visitante.

– Nanci já foi promovida a dar algumas pinceladas? – quis saber o crítico, por considerar que o passo natural na carreira de todo aprendiz é deixar marcas do seu talento na obra do mestre.

O pintor seguia desajeitado na função de barman. "Gelo, mais gelo!", desesperava-se o visitante observando a falta de jeito do amigo para servir aquele uísque com uma única pedrinha insignificante boiando solitária.

– Me deleito cada vez mais é com o talento de Nanci pra administração do ateliê, compreende? Nem a Margareth Thatcher conduziria tão bem a minha vida ordinária... – gabou-se o pintor.

O uísque foi servido, morno, num copo embaçado de poeira.

– Não se esqueça de que ela é uma artista! Um dia terá de sair debaixo das suas asas e andar com as próprias pernas – prosseguiu o crítico, que, no passado, auxiliara outro pintor famoso na confecção de murais.

– A propósito, contratei um motorista – anunciou irônico. – Assim Nanci não precisa ficar andando por aí, compreende?

– Bom, muito bom... – disse o crítico, percebendo ter sido invasivo ao externar sua preocupação com o futuro de Nanci. O pintor, ele bem o sabia, não gostava de intromissões na vida particular, embora dissimulasse estar sempre aberto às considerações alheias. Havia ocasiões em que ele parecia sinceramente buscar uma opinião. Então, derramava-se de atenção para, minutos depois, encerrar a conversa abruptamente, armazenando as impressões numa gaveta particular, que seria aberta num futuro incerto, quando o dito houvesse se transformado em irrealidade.

– Quer conhecer a última obra? – perguntou o pintor quase solene.

O crítico levantou-se, sem hesitação, como se, enfim, os trabalhos de um velho ritual acabassem de ser abertos.

O pintor depositou a peça valiosa sobre a mesa de madeira: o revólver Smith & Wesson calibre Magnum 357 e um jogo de seis balas de prata.

– Por que isso agora? – espantou-se o crítico com receio de que o próximo movimento fosse o manuseio da arma.

– Não se preocupe: porte legal, curso de prática de tiro às quintas-feiras no quartel da PM, tudo dentro da lei. Um calibre desses, de grande penetração, garantiu meu instrutor de tiro, é o suficiente prum homem se defender. Só de olhar, o sujeito se arrepia – argumentou, carregando o que mais parecia ser uma pistola.

– Não gosto de armas... – disse o crítico, visivelmente constrangido. Quase ofendido.

– Então não foi moleque, não brincou de guerra, de soldados maragatos e pica-paus, não armou bodoque, nem usou frutinhas de cinamomo como munição?

– São balas de prata! Matam. Não são frutinhas que só fazem doer – respondeu com certa rispidez. "Vidros duplos, balas de prata, que coisa vampiresca!", calculou no íntimo.

– Você já experimentou olhar lá embaixo? – sugeriu o pintor aproximando-se da janela. – Pensa que ainda está em Saint-Germain-des-Prés? Com dinheiro em notas, soltas nos bolsos das calças, a caminho da *École*... Não, meu caro. Infelizmente estamos em 1980, aqui é o Rio de Janeiro: a violência é a lei. E aquele abraço.

– Bem... – o crítico desconversou, olhando para o relógio. Alegou compromisso, voo para São Paulo, como se estivesse acordando de um sono profundo.

"Meu Deus!", pensou ao ganhar a calçada, sentindo um estranho alívio de poder respirar livremente. "Como pode? A mesma mão predestinada à sublime liberdade dos pincéis empunhar essa maldita pistola? Um pintor desse *calibre*, como diz a crítica... Parece loucura!"

Aviso prévio

Naquela manhã, o ateliê estava mais abafado do que o normal: o pintor continuava dormindo no pavimento de cima. Boa oportunidade para Nanci abrir as janelas de par em par, não sem antes olhar a lista de tarefas no quadro de aviso improvisado num antigo calendário: "devolver pedido Bélgica; trocar motor roncante da geladeira". "Como assim? Todo motor ronca! Tudo ronca! Até você, seu velho irascível", indignou-se Nanci, exausta daquela batalha interminável contra os ruídos interiores que, após a colocação dos vidros duplos, tornaram-se a nova obsessão do pintor: a campainha do interfone, o salto do tamanco da assistente, o ar-condicionado ligado.

"Vai ser a última vez, a última vez", vaticinou trancando-se no banheiro do ateliê. Chorava de raiva, chorava de tristeza, chorava de chorar. Chorava porque mulheres choram e parece que desde os tempos remotos estão condenadas a seguir chorando nos banheiros, por causa de chefes, patrões, maridos, patriarcas, mestres, profetas. Ou porque são, de fato, mais estúpidas e não conseguem simplesmente enfartar, como fazem milhões de homens. "Chorar faz bem", o cardiologista tentava acalmá-la nas consultas. "Chorar faz bem! Ridículo", pensava Nanci. "Deve dizer isso para todas as pacientes exercitando sua pretensa superioridade viril." Estúpida, estúpida, é como se sentia. De pensar que o pintor, o gênio, o deus dos pincéis, um dia haveria de sair de si, olhar para ela, pensar a vida sem girar unicamente em torno das suas telas. Sentia-se como um braço de empréstimo, um corpo de aluguel: com quilos suficientes para carregar chapas, molduras, arrastar prensa, carregar sacolas; habilidades para escolher fornecedores, manusear ácidos, tintas... Então, que serventia poderiam ter o gosto apurado, a destreza com os pincéis e a capacidade de produzir ideias? "Chega. Vai ser a última vez."

Nanci olhava-se no espelho: nariz escorrendo, olhos vermelhos. Respirou seguidas vezes para ganhar coragem e ensaiar suas falas finais: "Fico até o Natal! Não vou deixá-lo na mão bem nos preparativos da exposição, se é isso o que está pensando. Não se preocupe com nada. Encontraremos uma auxiliar... Eu passo o tempo que for necessário com ela explicando a rotina do ateliê". Que primor! Que boa menina! Vestindo o personagem de infância ilustrada, com miosótis e ovelhinhas, no colinho do vovô.

Lavou o rosto com água fria. Planejou algo mais corriqueiro: "Fico até o Natal. Infelizmente mamãe precisa de mim, acaba de ter um acidente vascular cerebral. Sim, perdoe, é uma urgência, procure uma substituta". Nanci reconhecia: inventar doença de mãe é desculpa manjada, covardia pura. Porém conserva vantagens: obriga a consternação fingida e fere sensibilidades pouco propensas a ajudar doentes – como a do pintor. "Esse maldito velho vive à beira da explosão. Aposto que vai reagir com sete pedras na mão, como se fosse ele, pobrezinho, a vítima da minha ingratidão. 'Todos esses anos', há de reclamar para os amigos, 'tratei-a como filha dentro da minha casa, do meu ateliê. Ensinei a ela tudo o que sei... Precisava ver quando chegou aqui: uma estudante medíocre vinda do subúrbio.' Sim, ele achará uma grande burrice da minha parte deixar de usufruir diariamente da sua intimidade genial!", concluía Nanci.

Nada fez. Saiu do banheiro, atendeu o telefone. Emendou histórias: que as lentes de contato estavam machucando, que precisava sair mais cedo, que a mãe não estava bem, que o metrô estava em greve...

Para desespero de Nanci, além de liberá-la o resto da tarde, o pintor entregou-lhe uma tela, com dedicatória: "Para Nanci, pela inestimável ajuda". A obra não tinha título. Se pudesse, Nanci daria o nome "Azar". Eram dados, lançados para que ninguém vencesse ao final do jogo. Cada um deles ainda guardava gestos do pintor, a fúria dos seus movimentos, o suor das manhãs em Botafogo.

Azar. Nanci, impregnada pelo rancor, e lá vinha o pintor atirar-lhe a beleza daquela maneira? Só podia ser de propósito para fazê-la cair de novo na ilusão da arte.

Não, não era a arte que a prendia ao ateliê. Mas o salário, os salões, o salve dos bajuladores ao redor do pintor. O seu lugar: ao lado do pintor. Os olhares que diziam: "Aquela lá é Nanci". "É? Sim, a estudante de Artes Plásticas." "Ah! Sim, o braço direito do pintor." "O direito e o esquerdo!", alguém haveria de dizer sorrindo, com malícia... "Que gente besta!", constatava Nanci.

Estava decidido: depois do Natal, adeus, Botafogo! "Acordará ninguém, desejará ser ninguém e ficará feliz como ninguém! Só até o Natal. Só até o Natal. Grande liquidação de Nanci, aproveitem!"

A mãe e o pintor

– Faz muito bem, minha filha! – comemorou a mãe quando soube da decisão de Nanci em abandonar o ateliê.

A moça estranhou a reação, acostumada à cantilena familiar do "para boa fome não há mau pão". Mas, de fato, o comportamento da mãe mudara depois daquele exaspero do pintor à porta do hospital: em vez de ficar impressionada com a dedicação e cuidados, saiu de lá com receio de que o mau temperamento se voltasse um dia contra a filha.

– Pensei que você ia achar que é mais um dos meus caprichos, abandonando o certo pelo duvidoso.

– Aquele velho não é pro seu bico! Muito inteligente, muito genial, muito trabalhador e sei lá mais o quê! Mas não serve pra você.

– Você fala como se fosse do meu futuro marido, não do pintor famoso com quem aprendo todos os dias...

A mãe interrompeu Nanci:

– Só se for aprender a segurar a raiva. Porque nunca mais vi seu cavalete armado nem suas telas nem seus planos de fazer exposição na escola...

– Mãe, organizo exposições muito mais importantes com o pintor! É natural que eu me dedique a ele. Sou aprendiz, entende?

– Aprendiz? Você põe esse homem no chinelo.

A mulher ligou a televisão, sem volume, só para não perder o capítulo da novela. E continuou a dividir a atenção com a filha.

– Você precisa é sair mais, minha filha. Conhecer outras pessoas e não viver com dois velhos: o pintor e eu. Tem dó. Desse jeito nem me dará netos nem quadros pra eu enfeitar a casa, não é?

– Credo, mãe! Parece que você estacionou na década de 1950, na sua festinha de debutante, e nunca mais saiu de lá.

A mulher aumentou um pouco o volume da tevê. Na novela, Marina, a protagonista, resolvera partir para a Itália, pois só assim acreditava esquecer de vez o amor frustrado.

A mãe não se conteve:

– Beleza é ter dinheiro! Tá vendo? A moça vai pra Itália e tudo se resolve. Se eu tivesse uma poupança, ou se esse pintor aí te pagasse ao menos um bom Fundo de Garantia, bem que você podia fazer seu curso em Milão. Famoso esse teu patrão, mas mão de paca!

– De vaca – corrigiu Nanci, irritada, quase desistindo de conversar sobre seu futuro naqueles termos.

– Por acaso você já viu uma paca? Ela tem só quatro dedos na frente. Quer dizer, tem a mão mais fechadinha, ó! – A mãe fez o gesto, apertando bem os dedos da mão, zombando da seriedade da filha.

Na tevê, o mordomo uniformizado servia suco de laranja para a moça linda e loira num copo de cristal.

– Até o Natal, mãe. Decidi ficar até o Natal...

– Bem, minha filha, cada um é que sabe onde o calo aperta.

Nanci levantou-se, decidida.

– Aumenta o volume, mãe.

Jingle bells

Repórteres engravatados, câmeras de tevê, jornalistas, policiais e um bando de curiosos travavam as entradas da carceragem do Ponto Zero, em Benfica, na zona norte do Rio de Janeiro.

“Que merda!”, o repórter, agitado, não sabia mais o que fazer com o atraso da equipe. Com certeza, câmera, iluminador, técnico de som e motorista estavam presos pelo trânsito natalino. “Caralho!”, praguejava, por ter perdido as imagens do pintor famoso entrando no xadrez e da mulher da vítima agarrada ao corpo. De que adiantou, então, ter bancado o esperto e vir de carona com o pessoal da PM, assim que soube do assassinato em Botafogo? Teve nostalgia dos tempos de jornal em que fazia tudo sozinho, sem ter de arrastar gente e traquitanas atrás. “Se bem que tevê dá muito mais visibilidade. O pessoal reconhece na rua. Inda mais quando o negócio mistura sangue e gente famosa", reconsiderou o repórter.

Avistou o câmera na multidão: suado como sempre, por arrastar, além dos seus noventa quilos, um equipamento pesado e fora de linha. Mais atrás, o iluminador o seguia.

– Caralho! Achei que você ia chegar com o *habeas corpus* do velho...

– *Jingle bells*, meu cumpádi! Inferno total: velha atravessando com pinheirinho de Natal, guardinha do Exército da Salvação vendendo cartão no sinaleiro, mãe arrastando criança, balão de Papai Noel voando... Mas qual é a do figurão?

– Pintor famoso, 65 anos. Assassinato. Dois tiros de pistola no peito do cara, um engenheiro de 32 anos. Isso tudo no meio da rua, pra todo mundo ver!

– Aposto que tem mulher nessa história...

– Duas!

– Não tô dizendo... Olha só: eu já tomei uma surra de perder os sentidos porque minha ex-mulher, a filha da puta, resolveu encarar um segurança na porta da boate, tá entendendo? Um tipo armário quatro portas! Perdi dois dentes da frente, tive duas costelas quebradas... E a outra, a louca, deu no pé com um segurança de loja, dois anos depois! Me deixou uma dívida no cartão que eu tô pagando até hoje. Mulher deixa o cara doido!

– Pois é. O velho aí resolveu dar uma de macho pra cima do engenheiro.

– Na mulher do engenheiro ou na mulher do velho?

– Calma! Deixa eu falar: o engenheiro tava batendo boca com a mulher, mãe dos quatro filhos dele. Pra você ter uma ideia, a dona declarou que amava o marido e que nunca ia imaginar de um maluco dar dois tiros por causa de uma briga de casal. Ficou desesperada. Dava dó. Disse que o marido era bom pai, não merecia morrer desse jeito, com dois balaços no peito. Que foi covardia, que estava sem camisa e de shorts, que tava de cabeça quente, o filho doente e sei lá mais o quê. Caralho! O peito do cara estourou como se tivesse levado um raio.

– Porra, mas o velho tinha de dar dois tiros? Mas nem se fosse a mulher dele apanhando, ninguém merece! Errar é humano!

– Parece que o tal do engenheiro xingou primeiro a amante do pintor, uma magricela, diz ser a secretária do ateliê do cara. Estava com ele na hora do crime, é tipo sombra do pintor faz muito tempo.

– Aposto que essa outrazinha aí encheu a cabeça do velho...

– Só sei que os dois se estranharam. O engenheiro teria dito: "Que quié, velho? Quié que tá olhando? Nunca viu homem, não?". E foi logo dando uma peitada bem dura no cara. O velho ameaçou: "Não vem, não, senão eu atiro!". O maluco não acreditou e aplicou mais uma, derrubando o velho na calçada, sabe como?

– Ixe! – reagiu o câmera, franzindo a cara, como quem prevê o final da história.

– Meu amigo – continuou o repórter –, o tempo fechou. Quando o povo viu, lá tava o velho virando o corpo pro lado assim, ainda deitado, tipo cinema de faroeste, tirando a Magnum 357 de uma capanga. Pá, pá!

– Caralho! Então quer dizer que o pintor é milico? Capanga e um calibre desses... – concluiu o câmera imaginando que um tipo assim só pudesse pertencer à PM.

– Besteira. Qualquer cidadão pode comprar uma Magnum desde que tire porte de arma, essas coisas. Tem direito de se defender. Rio de Janeiro, parceiro, não é mole, não!

– Porra, cumpádi! Pintor famoso, foto no jornal, uisquinho, exposição. Que quié? Pra que passear com a amante com uma bruta arma na capanga?

– Traficante pode, não é? Pode andar de fuzil pro alto, granada, o escambau – defendeu o repórter.

– E o delegado? Quié que disse?

– O motivo é fútil. Mas o velho é quente, já morou na Europa. Tem até general na parada.

– Num falei, cumpádi? Se não é milico, conhece os caras, o que dá no mesmo. Porra! Um babaca perde a cabeça com a mulher, dá o azar de cruzar com um velho, um puto de um pintor chapa branca. E aí? Dois balaços no peito. Pá, pá! Legítima defesa? Quatro filhos, cinco bocas...

– Não sou eu quem vai julgar – disse o repórter fingindo imparcialidade. – Mas isso acaba dando em legítima defesa.

– Olha só: não dou alguns dias pro velho estar por aí, na boa, tomando champanhe na Bienal e todo mundo aqui ó, os coleguinhas da imprensa, tirando foto, comendo casquinha de siri de grátis, catando brinde – narrou, enquanto fazia uma tomada dos jornalistas concentrados na frente da carceragem.

– Esse é o Brasil – desconversou o repórter, interessado no burburinho que começava a aumentar com a chegada de uma moça saindo de um táxi. – Vamos lá, vamos lá. – Ajeitou a gravata, limpou a garganta e se posicionou com a equipe, pronto para gravar.

– Nanci! Nanci! – os repórteres gritavam, construindo um enxame em volta da assistente do pintor.

– Quem é? – o iluminador quis saber.

– A tal secretária do pintor, amante, um troço assim – respondeu o câmera. – E de pensar, cumpádi, que foi tudo por causa dessa vaca. Olha lá a carinha de sonsa! – provocou, dando um close em Nanci.

Notícia de jornal

Em menos de dois meses (um recorde de rapidez) o juiz considerou as provas insuficientes para levar o pintor a júri popular. Foi absolvido por legítima defesa. E, tempos depois, realizou exposição dos desenhos feitos enquanto esteve na prisão.

Iracema

A doença de mamãe botou tudo de ponta-cabeça lá em casa. Ninguém comia mais na hora certa. Iracema, minha irmã, passou a tirar nota baixa na escola e as pecinhas do quebra-cabeça sumiram para sempre. Papai resolveu deixar a barba crescer. Parecia mais velho a cada batida de porta e não fazia a mínima questão de explicar o que diziam os médicos ou se Nelly, nossa vizinha, viria mais tarde para cuidar de nós.

Passados alguns meses, entretanto, resolvemos mudar a sala para o quarto da doente, apesar do cheiro azedo e dos muitos travesseiros na cama fazendo as vezes de sofá. Eu mesmo ficava parte do dia deitado na cama, ao lado dela.

Foi numa dessas tardes que mamãe me deu a chave preciosa da arca de livros, nossa biblioteca familiar. De madeira sólida, com fechadura bem desenhada, saída de um conto das mil e uma noites, nossa arca de livros guardara, no passado, o enxoval de mamãe.

Construída especialmente para transportar os presentes de casamento de Lagoinha para São Paulo, a arca bela e encerada guardava louças brancas com fios dourados, pratos enfeitados de flores, travessas gordas para sopa e muitos sonhos de casinha nova e cidade grande.

Não foi culpa da arca – forte e bem-acabada –, garantiu mamãe, mas sim das primas despeitadas que embalaram de má vontade o enxoval. Imagine só: as louças chegaram despedaçadas!

Só assim pude entender a origem de xícaras viúvas no armário e do nosso velho açucareiro sem tampa. Apesar da tristeza, mamãe e eu achamos graça: louça florida, de caules trincados, verdadeiro craquelê de espinhos.

Encerrado o trauma do enxoval, a arca passou a receber os livros de mamãe. De início, bem arrumados. Hoje, misturados às revistas de moda, trabalhos de escola, álbuns e cadernos de receita, vivem seu estado de desordem.

Todo cuidado inda foi pouco para abrir a velha arca. Mamãe suspirava por reler um dos volumes da coleção do Clube do Livro – capa fosca, parecendo papelão, e páginas de papel jornal. Um livro daqueles que envelhecem com a gente, também cheiram ruim e dão certa aflição de tocá-los com os dedos secos.

Mas mamãe prezava tanto a coleção! E ardia por notícias do seu queridinho Alencar. Será que havia emprestado para Nelly? "Aquele", mamãe dizia, "de capa roxa!" Parecendo exausta, cochichou no meu ouvido. "Deve estar encapado com papel amarelo. Escrevi à mão, assim ó", sussurrou: "Além, muito além daquela serra, que ainda azula no horizonte...". Mamãe estava com olho de papelão, parecia roxo. E o livro devia ter se afogado no meio dos outros, pois era minha terceira tentativa em vão de encontrá-lo. Como remover o álbum de fotografias? A pilha de apostilas? O atlas geográfico descomunal? Dava quase vontade de entrar na arca, sentar e revolver furioso aquele mundo de papel grosso e pesado.

Não entrei na arca. Era inútil. Resignei-me a retirar os volumes, aos poucos, como papai fazia com a pilha de tijolos.

Foi então que ouvi o grito de Iracema, lancinante; depois o choro de Nelly, a porta do quarto batendo. E nunca mais deu tempo de dizer a mamãe: "Achei!".

LEUSA ARAUJO, paulistana. Jornalista, escritora e pesquisadora do núcleo de teledramaturgia da TV Globo. Estreou na literatura em 1994. Principais obras: *A cabeleira de Berenice* (ed. Edições SM, 2006), indicada para o Prêmio Jabuti na categoria Melhor Juvenil e integrante da Seleção FNLIJ Catálogo de Bolonha 2007; *Náufragos emergentes: seis histórias ordinárias* (ed. Opera Prima, 2010), Prêmio ProAc 2009; *Ordem, sem lugar, sem rir, sem falar* (ed. Scipione, 2010), selecionada pelo PNBE 2013. Não ficção: *Tatuagem, piercing e outras mensagens do corpo* (ed. CosacNaify, 2005); *O livro do cabelo* (ed. Leya, 2012) e *Convivendo em grupo: almanaque de sobrevivência em sociedade* (ed. Moderna, 2015), Prêmio Jabuti 2016, recebeu o segundo lugar na categoria Didáticos e Paradidáticos.

Edição **Cláudia Ribeiro Mesquita**
Projeto gráfico **Sílvia Nastari**
Revisão **Márcia Menin** e **Bruno Zeni**

DADOS INTERNACIONAIS DE CATALOGAÇÃO (CIP)
(Laura Emilia da Silva Siqueira CRB 8-8127)

Araujo, Leusa.
Senão eu atiro e outras histórias verídicas / Leusa Araujo;
João Anzanello Carrascoza, apresentação; projeto gráfico, Sílvia Nastari.
1ª ed. – São Paulo: Editora Quelônio: 2017.
144 p.; il.; 12x17cm. Acompanha luva para acondicionamento.

ISBN 978-85-93229-06-0

1.Literatura brasileira 2. Literatura brasileira: contos I. Araujo, Leusa

CDU 821.124 CDD 869.1

Índices para catálogo sistemático:

1.Literatura brasileira
2.Literatura brasileira: contos

As ilustrações desta publicação foram reproduzidas de enciclopédias e manuais antigos. As fontes utilizadas foram Didot, desenhada por Firmin Didot em 1783 e redesenhada por Adrian Frutiger em 1991 para a versão digital, e ITC New Baskerville, uma versão contemporânea da Baskerville, de John Baskerville(1706-1775), desenhada por John Quaranda em 1978. O papel da sobrecapa e do miolo é Pólen Bold 90 g/m², e o da luva, FCard Rosa 240 g/m². A luva foi impressa em serigrafia pelo Amarelo Gráfico, e o miolo em offset, pela gráfica Pigma. 1ª reimpressão de 200 exemplares. Editora Quelônio, São Paulo, janeiro de 2020.